인문학의 창으로 본 과학

인문학의 창으로 본 과학

인문학자 10명이 푼 유쾌한 과학 이야기

김용석 외 지음

한겨레출판

책머리에

그들의 만남은 우리 시대에 유쾌하고도 유익한 일이었다. 입자검출기와 진공장치, 전자현미경, 그리고 분주히 움직이는 연구원들이 생활하는 과학실험실과 연구실 현장에 인문학자들이 어슬렁거리며 나타난 건 초대받은 인문학자한테도 초대한 과학기술자한테도 무척이나 새롭고 낯선 경험이었다.

초면인 과학자와 인문학자 사이에 긴장과 어색함은 감출 수 없었지만, 차를 마시고 사사로운 일상사를 이야기하며 대화를 시작하자 어색함이 점차 줄어들었다. 서로에 대한 호기심과 이해, 그리고 인문학과 과학이 뒤섞이는 색다른 상상력이 분위기를 잡아나갔다. 이방인이던 두 사람이 벽을 낮추고 말문을 트기 시작한 것은 유쾌한 일이었으며, 문학과 역사와 철학이 수학과 물리학, 생물학, 화학과 소통할 수 있음을 서로 확인한 것도 모두한테 유익한 일이었다. 정말 그들 모두 유쾌하고 유익한 경험이었음을 증언했다.

이런 유쾌하고 유익한 대담을 위해 우리 시대에 이름난 인문학자 열 명이 과학기술의 연구 현장을 직접 찾아가 내로라하는 국내 과학자 열 명을 만났다. '자아란 무엇인가'를 성찰하는 철학자가 뇌과학자를 만나고, 인간의 미시역사에 관심을 기울이는 역사학자가 나노과학자를 만났다. 수학적 아름다움을 좇는 미술사학자가 수학자와 미학을 논했고, 몸의 철학을 응시하는 철학자가 로봇공학자를 만났다.

　　열 차례 만남의 분위기는 매번 다른 주제만큼이나 그때그때 달랐다. 그렇지만 인문학자와 과학자 20인은 긴장하면서도 즐거워했으며 시종 진지했다. 이야기 마당이 열리자 여기에서 그들은 각자가 생각하지 못한, 또는 생각하고 있으면서도 쉽게 말하지 못한 이상한 접점들과 상호작용, 그리고 색다른 상상력을 만들어냈고 경험했다. "과학은 인문학을 얼마나 풍부하게 하는가?" "인문학은 과학이 걸어온 길과 가야할 길에 얼마나 중요한 길잡이인가?" 대담자 모두가 한결같이 직접 경험한 바이리라.

　　철학자와 뇌과학자는 '자아'의 존재를 신경세포라는 물질을 통해 다시 들여다보고, 철학자와 로봇공학자는 사람 몸을 닮아가는 휴머노이드를 통해 인간의 정체성을 다시 성찰한다. 인간의 지위와 오만을 흔드는 물질의 도전, 기술 문명에 대한 인간의 자부심과 반성이 실험실의 대화에서 피어난다.

　　자연세계를 바라보는 시선은 나노미터의 미시계에서 저 끝을 상상하기조차 힘든 우주의 거시계로 종횡무진 하며 자연의 수수께끼와 지식의 야망과 겸손을 보여준다. 아주 오래된 과학의 길잡이인 수학부터 급속히 탈바꿈하는 현대의 반도체공학까지 저마다 다양한 길을 따라 전개되는 현대 과학의 풍경들이 대화에 함께 묻어난다. 인문학은 실험실에서 어슬렁거렸고, 과학은 인문학적 사유에 노출됐다.

이들의 대담을 지켜보면서 몇 가지 '감상 포인트'를 떠올리게 됐다. 먼저, 대담에서 드러나듯이 과학과 인문학의 사유방식에서 보이는 차이들이 흥미롭다. 과학과 인문학은 세상을 어떻게 다르게, 어떻게 비슷하게 바라보는가? 그들의 사유는 얼마나 다른가, 또는 같은가? 과학자가 새로운 발견이나 발명에 이르는 과정은 인문학자들이 새로운 통찰에 이르는 과정과 얼마나 다르고 또한 같은가?

또한 과학지식의 다양함도 흥미롭다. 생명 복제와 나노과학의 실험실 문화는 어떻게 다르고 또 같은가? 우주론 연구자의 추론과 생명과학자의 실험은 과학지식의 생산에 어떻게 이바지하는가? 열 번의 대담에서 간접 또는 직접 화법을 통해 담긴 저마다의 이야기들은 너무나도 다양한 지식의 파노라마, 그러면서도 여전히 자신의 언어와 남의 언어로 소통할 수 있고 그런 소통을 통해 자신과 남을 동시에 바라보는 유용함을 드러낼 수 있음을 대화의 풍경은 언뜻언뜻 보여준다.

이 책의 뼈대는 한국과학문화재단의 지원을 받아 2004년 말부터 2005년 초까지 《한겨레》에 열 차례에 걸쳐 실은 기획연재물 '인문의 창으로 본 과학의 풍경'을 바탕으로 구성됐다. '인문학자와 과학자의 대담'이라는 형식은 독자들한테 현대 과학의 모습을 새로운 시선으로 보여주자는 기획에서 출발했다. 과학지식의 생산자인 과학자의 시선이 아니라, 오히려 과학의 이방인과도 같은 인문학자의 시선을 통해 본다면, 현대 과학의 모습은 어떻게 비쳐질까? 과학문화재단과 홍성욱 교수를 비롯해 여러 분의 도움말을 받아 기획을 구체화하면서, 대담의 주제와 참여자들을 정했다. 과학자와 인문학자 들은 모두 새로운 경험에 관심을 나타냈다.

그렇지만 쉽지 않은 일이었다. 말이 좋아 인문학과 과학의 대화이지, 동양철학자와 반도체공학자가 도대체 무슨 얘기를 진지하게 나눌 수 있겠는가? 서로 상대의 전문지식을 이해하기도 힘든 마당에 어떻게 '아름다운 종합'에 이를 수 있겠는가? 각자의 이야기들, 그러고는 곧 침묵, 어색함, 또 침묵, 그러다가 주제 없이 뱅뱅 겉도는 이야기들……. 이런 상황에 이를지도 모른다는 걱정이 앞섰다.

실제로 대담 참여자들이 대담을 준비하고 진행하는 과정에서 이런 걱정은 조금씩 사라졌다. 대담자 스무 명 대부분은 대담에 앞서 관련 자료를 주고받으며 대담 주제를 좁혀나갔고, 상대방의 지식 분야를 좀더 이해하기 위해 애썼다. 대담이 끝난 뒤에도, 원고를 작성하는 과정에도, 원고를 보완하는 과정에도 둘 사이의 소통은 종종 이뤄졌다. 열 번의 만남은 2004년 여름부터 준비해 2005년 초에 모두 끝냈으니, 그 과정은 반년가량 걸린 셈이다. 길고 더딘 기획 과정에 참여해주신 스무 분의 선생님들께 감사드린다.

그 뒤 《한겨레》에 실린 연재물이 책으로 출간되기까지 또다시 한 해 이상이 걸렸다. 애초 출판기획자는 번듯한 책에 걸맞게 내용을 대폭 보강하려 했으나, 한 해가 지나고 나서야 깨달은 바와 같이, 그런 보강작업은 열 명 필자들 각자의 사정들 때문에 생각처럼 쉽지 않은 일이었다. 필자의 사정에 따라 어떤 글은 내용이 보강됐고 어떤 글은 당시 신문에 실린 그대로 책에 실을 수밖에 없었다.

뜻밖의 사건도 있었다. 대담자로 참여한 황우석 박사가 발표한 줄기세포 연구논문들이 조작된 사실이 드러나면서 황 교수와 관련한 글을 다시 쓸 것인지, 그대로 실을 것인지, 아예 뺄 것인지를 두고 고민이 생겼다. 결국에 필자인 이진경 교수의 의견을 좇아 애초 그가 쓴 글을 크게 손질하지 않은 채 싣기로 했다. 고심 끝에 이런 결정에 이른 이 교수의 생각은 그의 대담 뒤에 덧붙인 글에 담겼다. 이 책에 표기된 대담자 스무 분의 소속과 신분은 인터뷰와 신문 보도가 진행된 2004년 말과 2005년 초를 기준으로 그대로 표기했다.

열 차례의 대담 글 뒤에 홍성욱 교수의 글을 실었다. 이 글은 2006년의 한국 사회에서는 낯설게만 느껴지는 인문학과 과학의 대화가 오랜 지식의 역사를 되돌아볼 때 결코 낯선 일이 아니었음을 보여준다. 과학과 인문학의 '접점과 상호작용'은 서구의 역사뿐 아니라 우리 역사에서도 그렇게 낯선 일이 아니었으며, 흔히 생각하듯이 인문학과 과학은 극과 극의 다른 인간활동이 아니라 공통점은 물론이고 겹치는 부분을 지니는 활동임을 보여준다.

이 글에 함께 소개된 미국 지식사회의 '과학과 인문학의 대화를 위한 프로그램' 사례들은 과학기술의 성과에 기대어 살지만 정작 과학기술에 대해서는 거의 모르는 현대 사회의 '도전' 앞에서 과학과 인문학이 왜 대화해야 하며, 어떻게 대화할 것인지에 관해 우리한테 여러 가지를 시사한다. 그리고 테마글마다 독자들의 이해를 돕기 위해 '쉽게 읽는 과학의 발자취'를 실었음을 밝혀 둔다.

우리 사회에서 과학과 인문학의 대화는 여전히 서툴다. 둘의 서툰 상호영향을 '침해'나 '일탈'로 여겨 경계하는 분위기마저 없지 않다. 서로 먼 산 바라보듯 하는 두 문화의 전통은 때때로 서로 확고하게 다른 가풍의 '가문'을 형성하고 있는 듯하다. 대화가 피상적 소통에 그치는 경우도 많다. 이런 상황에서 최근 몇 년 사이에 과학과 인문학의 대화를 진지하게 모색하는 시도들이 과학계와 인문학계 모두에서 조금씩 생겨나고 있다. 서툰 대화는 점차 세련되어질 것이다.

그리고 과학과 인문학의 대화가 단순한 지적 유희나 공론에 머무는 게 아니라, 진지한 지적 생산물을 우리 사회에 만들어낼 수 있으리라는 기대도 생겨난다. 앞으로 생산적 대화가 많아질수록 '과학주의'와 '반과학주의'라는 두 극단은 줄어들 것이다. 아울러 우리 사회에 과학이 경제 발전의 도구로서만이 아니라 우리의 생각과 지식을 살찌우는 과학, 사회적 책임과 윤리를 다하는 과학으로 자리 잡을 수 있도록 깊이 성찰하는 분위기도 커지리라 기대한다.

2006년 6월

오철우

차례

'뇌의 미로'에서 '자아의 지도'를 찾는다

뇌과학자 신희섭 대담기

김용석 영산대 교수

신희섭

한국과학기술연구원 | 생체과학연구부 책임연구원 | 분자생물학적 뇌 연구 | 《사이언스》 등에 논문 다수 발표

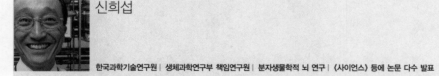
김용석

영산대 학부대학 교수 | 서양철학, 문화론 연구 | 저서 《문화적인 것과 인간적인 것》 《미녀와 야수 그리고 인간》 등

"인간의 삶에서 뇌가 모든 것이라는 주장이신가요?" 서울 홍릉에 있는 한국과학기술연구원(KIST)에서 만난 신희섭 박사는 담담히 되물었다. 인문학자인 내가 오히려 뇌에 대해 과학적으로 접근할 필요가 있음을 역설했을 때, 공상과학 영화에 나오는 것처럼 뇌가 다른 육체로 이동한다면 곧 그 육체의 새로운 주인이 되지 않을까 하는 가설을 이야깃거리로 꺼냈을 때, 마음(mind)이 뇌이고 뇌가 곧 마음이라는 것이 오늘날 뇌과학의 근본 입장이 아닌가 하고 물었을 때, 그리고 우리말의 마음은 심장을 떠올리지만 서양어의 '마인드'는 그것이 사유, 기억 등의 의미를 어원에 담고 있어서 뇌를 떠올리지 않느냐고 물었을 때, 그가 이렇게 되물은 것이다.

우리는 그의 실험실에 들어가기에 앞서 먼저 대화로 만남을 시작하였다. 과학자 하면 실험실이라는 통념을 벗어난 만남의 시작이었다. 나는 대화가 잘되리라고 직감했다. 과학자인 그가 오히려 과학주의적이고 '뇌 환원주의적'일 수 있는 내 말에 제동을 걸었기 때문이다.

신 박사의 이런 태도는 언젠가 그가 미녀 배우 모니카 벨루치의 인터뷰 기사를 읽고 무릎을 탁 치면서 "저 사람이야말로 뇌과학자(neuroscientist)다"라고 했다는 것과는 또 다른 면을 보여주는 것이다. 벨루치는 아름다움의 비결이 뭐냐는 질문에 "자신이 아름답다고 믿는 것"이라고 답했다. 이 기사를 읽고 신 박사는 "마음이라는 게 그렇게 중요한 겁니다. 마음은 유전자나 뇌의 작용과 밀접합니다. 인간이 오감으로 느낄 때

뇌 내부의 현상도 함께 변합니다. 뇌는 인간에게 자기 자신 그 자체예요. 저는 뇌에 변화가 생기면 인간의 외모까지도 변할 거라고 생각해요"라고 말했기 때문이다. 뇌의 중요성에 대해 그가 양면적인 태도를 보이는 것은 모순적이라기보다 그만큼 신중하고 다각적으로 고찰한다는 뜻이리라.

뇌 없이도 생명은 있다

그는 우선 뇌가 없이도 생명은 있다는 말로 뇌에 대해 과학적으로 설명하기 시작했다. 예를 들면, 해면동물(sponge)은 신경 없이 세포만 모여서 생명체를 이룬다. 이런 생물은 구조가 너무 간단하긴 하지만 일단은 편한 삶을 살고 있다고 할 수 있다. 쉽게 말해, '신경 쓸 일'이 없기 때문이다.

대체로 움직이지 않는 동물은 뇌가 필요 없다. 예를 들어 멍게(sea squirt)는 바닷속을 헤엄치는 유생 때에만 뇌를 갖고 있다. 다 자라면 한 곳에 들러붙어 바닷물 속에 있는 미립자를 먹이로 걸러 먹으며 살아간다. 따라서 더 필요가 없는 뇌는 퇴화한다. 반면 바다 민달팽이 아플리시아(aplysia)는 단순한 구조를 가진 동물이지만, 일종의 원시적 뇌를 갖고 있다. 운동을 돕기 위해 필요하기 때문이다.

운동 차원을 넘어서 외부에서 오는 정보를 처리하기 위해서라면 더 발달한 뇌가 필요하다. 신호나 단순한 정보를 구분하는 일만이 아니라,

인간처럼 상호관계를 구성하고 상황을 판단하고 의사를 결정하는 일 등을 위해서는 당연히 더 복잡한 뇌가 필요하다. 따라서 삶은 다양해지지만 덜 편할 수 있다. 덜 편한 것이 우리 인간의 삶일지도 모른다.

신 박사의 과학적 설명에 인간과 인생을 철학적으로 바라보는 관점이 스며 있음을 자연스레 느끼게 하는 대목이다. 그가 불교의 참선에 관심 있다는 건 아마 '부동(不動)의 편안함' 때문일지도 모른다. 마음을 비운다는 건 결국 뇌를 '가상적으로' 작동 없는 상태로 둔다는 뜻이 아닐까? 그래서 편안해진다는 뜻이 아닐까? 이는 또한 '부동을 즐기는 존재'에 대한 아리스토텔레스의 주장과도 연관되지 않을까? 아리스토텔레스에 의하면 신(神)은 부동의 편안함과 쾌락을 즐기는 존재이다. 그래서 인간은 때때로 신이 즐기는 평안과 쾌락을 흉내 내기 위해서 부동의 상태에서 참선도 하고 기도도 하는 것이 아닐까.

뇌는 몸과 어떤 관계에 있나

그러고 보면 진화의 역사에서 뇌가 주인공이 된 건 얼마 되지 않는다. 물론 이러한 진화에는 '창발적 과정(emergent process)'이 있었을 거라고 추정할 수 있다. 특히 포유류가 출현하기 위해선 이런 과정이 반드시 필요했을 것이다.

'창발성'은 진화가 각 단계에 이미 있던 여러 요인들이 단순히 합쳐진 게 아니라, 그들의 총합으로부터 새로운 성질이 출현하는 것임을 강조하는 말이다. 생물학적 진화의 관점에서도, 생물체의 각 부분에 물리적·화학적 법칙이 적용될 수 있으나 그 부분들이 결합하면 그보다 차원이 높은 질적 발전을 이루므로 그것에는 새로운 법칙이 적용된다고 주장한다. 뇌가 창발적 과정을 거치며 발달해왔음을 인정하는 신 박사는, 분자생물학에서 출발한 자신의 연구가 어디까지 적용될 것이며 갖고 있는 한계가 무엇인지에 대해 항시 의식하고 있는 듯했다.

창발적 진화론의 관점에서 보면, 뇌는 몸에 대해 '기댐'과 '끌어안음'의 관계에 있다고 할 수 있다. 생명체로서 뇌는 몸에 의존하지만, 기능적으로는 몸 전체를 '공존의 상황'으로 끌어안아 유지시키고 있다고 볼 수 있다. 한편 공상과학의 수준에서 말하면, 뇌는 몸을 옮겨다니며 새로운 존재방식을 찾고 몸을 통제할 수 있지만, 또 몸 없이는 지나가는 강아지에게도 꼼짝없이 먹힐 수 있다. 이 지점에서 우리는 생명의 종결을 뇌사로 규정하는 데에 물음표를 찍을 수도 있다. 몸 없는 뇌가 얼마나 독립적이고 자율적일지 의문스럽기 때문이다.

오시이 마모루의 영화 〈이노센스〉는 뇌의 자율성을 지나치게 인정한 작품으로, 인간의 뇌를 닮은 '전뇌(電腦)'가 안드로이드 인형의 몸을 옮겨다니며 그것을 자기 신체처럼 사용하다가 버린다. 더구나 빌린 몸이 죽을 만큼 상처를 입어도 자신은 고통을 느끼지 않는다. 하지만 고통을 느끼지

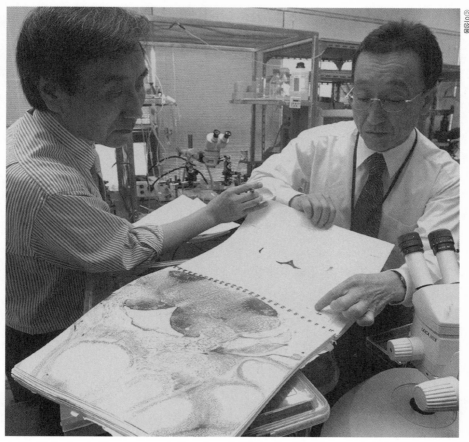

철학자 김용석 교수(왼쪽)와 뇌과학자 신희섭 박사가
두툼한 인간 뇌지도 책을 보면서 마음에 관한 철학과 과학의 이야기를 나누고 있다.

않는 뇌란 진정한 생명체가 아닐지 모른다. 하긴 전뇌가 완벽한 생명체의 뇌가 아닌 만큼, 이런 영화적 상상력은 용서될 수 있으리라. 반면 간이나 심장을 이식받으면 동일한 사람이겠지만, 뇌를 이식받는다면 다른 사람이라는 가설적 주장은 설득력 있게 들린다. 뇌가 몸과 하나가 되어 전체를 통제하며 완전히 공존하는 상황을 유지한다는 것을 인정하기 때문이다. 그런데 뇌를 이식하는 것이 얼마나 가능할지는 물음표이다.

뇌는 여전히 미스터리 같은 영역이다. 그렇기 때문에 또한 매혹적인 탐구과제이며, 뇌에 대한 가설이 많은 이유도 이 때문이다. 그 가운데 '뇌가 뇌 스스로를 위해' 발달하는 것 아닌가 하는 가설이 있다. 무엇보다도 뇌가 자신의 쾌락을 위해 요구한다는 것이다. 이는 중독 현상을 보면 알 수 있는데, 마약에 중독되면 몸이 망가지더라도 뇌가 지속적으로 마약을 요구한다. 이때에 뇌는 몸과 독립적으로 자신의 쾌락을 위해 명령을 내린다고 볼 수 있다. 인간이 다른 동물과 달리 특정한 발정기 없이 성행위를 원하는 것도 뇌가 자신의 쾌락을 위해 요구하기 때문이라고 볼 수 있다.

이러한 관점에서 보면 인간이 훌륭한 행위를 하는 것도 '뇌의 즐거움' 때문이라고 해석할 수 있다. 예를 들어 남을 위해 자신을 희생한다든가, 몸을 아끼지 않고 순교하는 경우가 그렇다. 이런 행동들이 뇌에 '보람'이라는 동기를 제공하기 때문에 이뤄질 수 있다고 보는 것이다.

이렇게 한참 흥미진진하게 대화를 나누던 중에, 신 박사는 이런 현상들을 "뇌가 보기에 좋았더라"라는 말로 표현할 수 있지 않을까 하며 해학적 기지를 발휘했다. 그건 성경 〈창세기〉에 나오는 말을 패러디한 것 아니냐는 내 말에 그는 껄껄 웃었다. 나도 그를 마주보고 웃었다. 그렇다고 이것이 종교에 대해 불경스러운 태도를 갖고 있음을 의미하지는 않는다. 이는 한 분야의 과학자가 자기 사고의 네트워크를 어떻게 어디까지 펼치고 있는지 보여주는 것일 뿐이다.

돌연변이 생쥐로 인간을 연구하다

이즈음 우리는 하늘의 비유에서 땅의 현실로 내려왔다. 실험실을 둘러보기로 한 것이다. 세계적인 뇌과학자 신희섭 박사의 실험실은 걸어다니기에도 비좁을 정도로 작았다. 이는 그의 연구성과가 작기 때문이 아니라, 그의 연구가 작은 것에서 출발하기 때문임을 금방 알 수 있었다. 전자현미경으로나 볼 수 있는 뇌세포가 그렇고, 그의 주된 실험대상인 생쥐가 그렇다. 하지만 이러한 연구에서 나오는 성과는 인간이라는 생명체 연구에서 큰 획을 긋는 발견이 될 것이다.

신 박사는 지난 10여 년 동안 뇌의 작용기전(作用機轉)에 관한 신경과학 및 유전학적 연구를 통해 뇌의 기능에 관한 중요한 발견을 계속해옴으로써 이 분야가 발전하는 데 크게 공헌하고 있다. 그는 유전학, 분자생물학, 신경세포생물학, 전기생리학, 행동분석학 등을 종합적으로 연구하는 기법을 활용해서, 신경세포 안에서 이뤄지는 칼슘이온 농도의 조절기전이 어떻게 신경세포를 활성화하고 신경망에 작용하여 궁극적으로 행동의 변화까지 유도하는지를 밝히는 데 괄목할 만한 연구성과를 내고 있다. 그리하여 '분자에서 행동까지'라는 뇌 기능 연구의 최신 경향을 선도하고 있다.

그의 연구팀은 신경세포 안의 칼슘 농도를 보통 쥐보다 높게 유지하면 쥐의 학습능력과 기억력이 높아진다는 사실을 밝혀내어, 이른바 '똑똑한 생쥐'를 개발했다. 또한 T-형 칼슘 통로가 결손된 생쥐(gene knock-out mouse)의 생리기능을 연구하여, T-형 칼슘 통로를 활성화하면 시상핵 신경세포가 폭주하듯 발화함으로써 말초신경으로부터 올라온 감각신호가 대뇌피질로 전달되는 것을 차단하여 통증을 억제한다는 사실을 학계 최초로 규명했다.

이런 연구결과는 뇌가 수동적으로 외부의 자극을 모두 받아들이는 것이 아니라 능동적으로 이를 선별하고 조절할 수 있다는 결정적 증거를 제시하는 것이다. 이는 간질 환자가 잠시 의식을 잃는 발작 과정에서 T-형 칼슘 통로가 중요한 역할을 한다는 사실을 규명한 신 박사의 기존 연구와 더불어, 의식과 무의식이라는 뇌 기능의 기본 현상을 조절하는 핵심적인 기전을 밝혀낸 것이다. 따라서 향후 간질을 치료하거나 획기적인 진통제를 개발할 가능성을 열어놓은 것으로 평가받고 있다.

실험실 한쪽에는 출입이 통제된 작은 방이 있는데, 그 안에 실험대상인 생쥐들을 다양하게 분류해 보관하고 있었다. 칼슘 농도의 조절에 관여하는 다양한 유전자 그룹의 변이 생쥐를 제조하여 학습과 기억 현상에서 이들의 역할을 규명하는 것이 그가 이끄는 '학습기억현상연구단'의 기본 연구목표이기 때문이다. 이러한 목표를 달성하기 위해 그는 현재 칼슘이온 통로 유전자를 비롯한 다양한 유전자가 변형된 돌연변이 생쥐를 '제조'하고 있다(그의 이런 설명을 들으면서 순간 '생명체를 제조한다'는 표현이 매우 어색하게 느껴지기도 했다). 이미 중요 유전자 여섯 개에 대한 돌연변이 생쥐가 확보되어 분석 단계에 있다. 더 나아가 이들 변이 생쥐들에 생기는 신경질환을 분석함으로써, 해당 질환의 발병기전을 분자, 세포 및 신경망 수준에서 밝히고자 한다.

또한 칼슘 조절에 이상이 생겨 뇌신경 기능이 이상해진 생쥐를 이용하면 인체로 할 수 없는 실험과 분석이 가능하기 때문에, 뇌일혈이나 치매 같은 질환의 발병기전을 밝혀내는 연구를 촉진시킬 수 있다. 그뿐 아니라 진단, 예후 판정, 치료기술 개발에 새로운 가능성을 제시할 것으로 기대하고 있다. 학습과 기억은 생명활동의 기본적인 기능이다. 특히 학습과 기억이 칼슘 조절과 관계 있음을 밝혀내면 이 기능을 조정하는 방법도 연구할 수 있게 되어, 질병을 치료하는 것뿐만 아니라 기억능력과 학습능력을 향상시키는 등 생명활동의 다양한 분야에 적용할 수도 있을 것이다.

뇌는 '따로 또 같이'인 네트워크

"학습과 기억은 모든 생명활동에서 기본이 되는 기능이기 때문에, 연구 주제가 곧 나를 연구하는 것이므로 연구 자체가 즐거운 일"이라고 하면서도, 신 박사는 쥐를 통해 인간의 뇌를 이해하는 연구가 갖는 한계를 짚고 넘어가는 것을 잊지 않았다. 영장류가 생리학적으로 사람과 매우 비슷한 뇌를 가졌다고 해도 그들에게 적용할 수 있는 법칙으로 사람을 완전히 이해할 수는 없다는 그의 말은, 환원주의에 대한 경고를 의식한 듯했다.

그는 뇌가 '복잡한 시스템'이라는 사실을 연구의 출발점에 두고 있다. 그래서 그가 지향하는 '분자에서 행동까지'라는 뇌의 기능에 관한 연구는, 분자 상태에 머무는 게 아니라 시스템을 연구하는 데 그 목적을 두고 있다.

인간의 뇌가 복잡한 시스템이라는 것은 뇌세포가 각 부분마다 그 종류와 배열이 다르다는 것을 보아도 알 수 있다. 이는 간, 신장, 심장 등의 기관과 매우 다른 점이다. 또한 같은 뇌세포라도 그것을 보조하는 교화세포(glial cell)의 구성이 다르다. 이는 뇌 자체가 매우 다양한 영역들로 구성되어 있음을 말해준다. 그렇다고 해서 이 영역들을 각각 독립체로 보는 것이 아니라, 서로 관계를 이루고 있으며 그들 사이에 계층(hierarchy)이 있다고 추정한다. 신 박사는 뇌가 하나의 슈퍼컴퓨터라는 관점을 비켜가

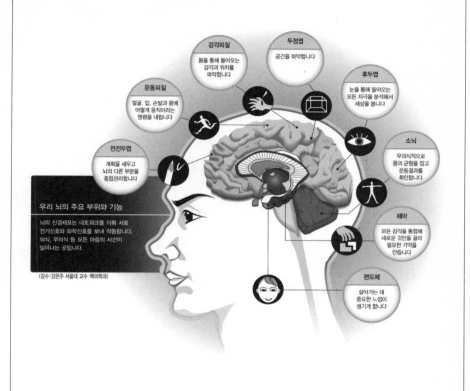

감각피질
몸을 통해 들어오는
감각과 위치를
파악합니다

두정엽
공간을 파악합니다

운동피질
얼굴, 입, 손발과 몸에
어떻게 움직이라는
명령을 내립니다

후두엽
눈을 통해 들어오는
모든 자극을 분석해서
세상을 봅니다

전전두엽
계획을 세우고
뇌의 다른 부분을
종합관리합니다

소뇌
무의식적으로
몸의 균형을 잡고
운동결과를
확인합니다

우리 뇌의 주요 부위와 기능

뇌의 신경세포는 네트워크를 이뤄 서로
전기신호와 화학신호를 보내 작동합니다.
의식, 무의식 등 모든 마음의 사건이
일어나는 곳입니다.

(감수:강은주 서울대 교수·핵의학과)

해마
모든 감각을 통합해
새로운 것만을 골라
필요한 기억을
만듭니다

편도체
살아가는 데
중요한 느낌이
생기게 합니다

우리 뇌의 주요 부위와 기능

'뇌의 미로'에서 '자아의 지도'를 찾는다 **27**

는 듯했다. 오히려 뇌는 서로 다른 역할을 수행하는 영역들이 세밀하면서도 광대하게 연결된 병렬 네트워크라는 관점인 것 같았다.

　그러면서 신 박사는 흥미로운 예를 하나 들었다. 아주 어렸을 때부터 두 언어(예를 들어 한국어와 영어)를 모국어처럼 배워서 계속 사용하는 사람의 뇌파를 측정해보면, 뇌파 반응이 한국어를 말할 때나 영어를 말할 때나 뇌의 동일한 부위에서 일어난다. 이는 두 언어를 동일한 부위에서 관장하고 있다는 의미다. 반면 어느 정도 나이가 들어서 영어를 배운 사람의 경우, 한국어로 말할 때와 영어로 말할 때 뇌의 다른 부위에서 뇌파 반응을 보인다. 즉 두 언어를 관장하는 뇌의 부위가 서로 매우 근접해 있기는 해도 동일하지 않고 각기 다른 것이다.

　신 박사와 만난 다음 날 나는 우연의 일치인지, 재일조선인 서경식 교수와 대담할 기회를 가졌다. 서 교수는 일본에서 태어나 자랐기 때문에 일본어를 모어처럼 사용하고 한국어는 그보다 못한다. 나는 지금도 그의 말을 기억한다. "언어를 바꾸는 것은 피를 바꾸는 것과 같습니다." 습득한 언어가 모어를 대체하는 것은 뇌에서 언어능력을 관장하는 부위를 바꾸는 것과 마찬가지이니, 피를 바꾸는 것과 같다는 말에 바로 공감할 수 있었다. 개인적으로 경험한 결과가 과학적으로 실험하여 얻은 결과와 일치한 것이다.

'뇌의 미로'에서 '자아 찾기'

한 시스템 안에서도 뇌의 각 영역이 서로 다른 역할을 수행하고 있다면, 앞서 언급했듯이 뇌가 자신의 쾌락을 위해 어떤 명령을 내린다고 하더라도 그것을 다른 영역이 견제하고 감시할지도 모른다. 따라서 "뇌의 어떤 영역이 자신의 쾌락을 위해 몸을 속이고 있구나" 하는 판단도 이뤄질 수 있을 것이다. "뇌가 내 몸을 속이고 있다"는 가설은 뭔가 섬뜩함을 주기도 하지만.

이런 과학적 가설들은 철학적 문제를 제기한다. 인간에게 하나의 견고한 주체가 존재할 수 있을까? 아니면 다양한 견제와 균형의 시스템 자체를 주체라고 할 수 있을까? 인간의 자아란 단수가 아니라 복수로 표시되어야 하지 않을까? 지킬 박사와 하이드 씨는 복수의 자아가 드러나는 상태를 상징하는 것이 아닐까? 이런 물음들에 답하는 과정은 '뇌의 미로'에서 '자아 찾기' 같은 것일지 모른다. 에드몽 웰즈(베르나르 베르베르의 소설에 등장하는 인물)가 뇌를 연구하기 위한 유일한 도구가 뇌이기 때문에 결국 뇌의 비밀은 밝히기 어려운 것이라고 했지만, 또한 바로 그렇기 때문에 뇌에 대한 연구를 자기가 자기를 알려고 하는 '자아 찾기'의 정수라고 할 수 있지 않겠는가.

인간은 오랫동안 자연의 법칙을 연구함으로써 스스로를 이해하려 했다. 어찌 보면 '자연이라는 거울'에 자신을 비추어보려 했다고 할 수 있다. 이제 인간은 자신의 내부를 들여다보면서, 그것을 자기를 이해하고 자아를 찾기 위한 거울로 삼으려 하고 있다.

갈릴레오(Galileo Galilei, 1564~1642)는 1632년에 간행된 그의 천문학 저서인 《두 개의 주된 우주 체계에 관한 대화》의 헌정문에서 철학이 '자연의 책(the book of nature)'에 눈을 돌려야 한다고 했다. 20세기 후반에 분자생물학이 발전해나가자, 1980년대에 미국 의회는 '인간 생명의 책 읽기(Reading the book of human life)'를 촉구하며 인간 게놈 계획을 추진하기 위해 구체적으로 재정을 지원하기 시작했다. 그래서 과학사가들은, 과학이 주로 인간 외부에 보이는 자연과 물질의 본질을 밝혀내고자 노력한 20세기 중반까지와 달리, 20세기 후반부터 시작한 '21세기적 과학'에서는 인간 개개인 안에 숨겨진 본성의 비밀을 주요한 탐구대상으로 삼고 있다고 한다.

뇌과학자들에게는 학습과 기억이 생명활동의 기본이고 그것을 관장하는 것이 뇌이기 때문에, 뇌의 미로에 대한 비밀을 밝혀내는 일이 '인간 생명의 책'에서 가장 깊은 곳을 읽는 셈이다. 그렇게 되면 인간의 자아에 대해서도 획기적으로 이해할 수 있을 거라고 기대하고 있다. 하지만 '인간 생명의 책 읽기'는 '자연의 책 읽기'와 다른 것이 아니다. 여기서 인간의 본성을 탐구하는 것이란 '자연으로서의 인간'을 탐구하는 것이기 때문이다. 이러한 뇌과학의 탐구가 고대의 철학적 주제를 포함하여 '인간이 궁금하게 여겨온 것들'에 대해 그 해답을 주는 데 얼마나 공헌

할 것인지는 기대 반 의심 반일지 모른다.

출발부터 다학제적인 뇌의 탐구

그 궁금증의 대상은 대체로 이런 것들이다. 첫째, 영혼의 존재와 영혼불멸성이 그것이다. 이와 관련해 그 유명한 영육이원론 같은 논쟁도 줄곧 있어왔다. 또한 그리스 사상에 나오는 프시케(Psyche)의 개념에 대한 탐구와 논쟁은 지금도 전문 학계에서 활발하다.

둘째, 기억에 관한 것이다. 이것이 없었다면 서양사상의 뿌리라고 할 수 있는 플라톤의 '이데아 이론'도 나올 수 없었다. 인간의 영혼은 이데아의 세계에서 보고 온 것을 떠올리면서 그것을 삶의 패러다임으로 삼아 이 땅의 현실을 이해하며 살아간다고 보기 때문이다. 그리스 신화에서 기억의 여신 므네모시네가 생명이나 윤회와 연관해서 중요한 위치를 차지하고 있는 것을 보아도, 기억과 생명체의 삶 사이에 밀접한 관련이 있음을 엿볼 수 있다.

셋째, 넓은 의미로 '지식'에 관한 것이다. 이는 의식, 인식 등의 개념과도 연관되어 있는 것으로, 오늘날 인지과학의 과제이기도 하다. 우리 시대의 화두인 창의력과 상상력이라는 주제도 이와 연관이 있다.

넷째, 이성과 감성의 문제이다. 파스칼이 생각한 것처럼 이성은 머리

(뇌)의 문제이고 감성은 가슴(심장)의 문제라는 이분법은 그 시대에 통념적인 것이었다. 하지만 오늘날 뇌를 연구하는 입장은 다를 것이다. 이와 연관해서 '감정'에 관한 논의도 필요할 것이다.

이 밖에도 뇌와 관련된 세상 사람들의 관심은 참으로 다양하다. 정신병, 치매, 간질 같은 여러 가지 병리 현상들을 치유하는 것은 급박하게 해결해야 하기 때문에 당연히 중요한 관심의 대상이다. 생명 현상으로서 학습과 기억보다 두뇌를 계발하는 차원에서 학습력과 기억력 또한 많은 사람들이 궁금해하는 것이다. 뇌과학을 대하는 사람들의 태도도 신비의 영역과 첨단 과학의 영역을 넘나든다. 한편으로는 미신의 영역으로 치부되는 신들림 현상에 대해 궁금해하고, 다른 한편으론 과학적 성과의 백미라고 할 수 있는 인공지능의 가능성에도 적극적으로 관심을 보인다. 뇌과학이 이 모든 것에 대해 바로바로 답을 주지는 못할 것이다. 그러나 다른 학문 분야와 협력하면 이런 답들에 훨씬 더 효과적으로 접근할 수 있을 것이다.

뇌를 연구하는 것은 출발부터 다학제적일 필요가 있다. 인문학과 자연과학은 상상과 가설, 경험과 실험에서 서로 유사점과 합치점을 발견하면서 교류한다. 특히 뇌를 연구하고 이해하는 일은, 그 종합적 성격으로 인해 여러 학문 분야와 연계해서 수행해야 할 과제인 것이다. 모든 학문의 대상은 이미 그 학문을 초월해 있다. 다만 그 학문이 다른 학문 분야들과 엮은 네트워크의 어딘가에 걸려 있을 뿐이다. 우리는 그 어딘가를 추적해보는 시간을 가진 듯했다.

　　대화를 마무리하며 신 박사는 성철 스님의 법어집에 있는 다음과 같은 말을 들려주었다. "주관은 객관을 따라 소멸하고, 객관은 주관을 따라 잠겨, 객관은 주관으로 말미암아 객관이요, 주관은 객관으로 말미암아 주관이니(能隨境滅/ 境逐能沈/ 境由能境/ 能由境能)." 뇌과학자가 이런 '논리의 맴돌이'에서 마음이 갈 길을 찾는 것은 뇌를 연구하는 일이 결국 인간의 자아를 탐구하는 것이라는, 어렵지만 그렇다고 손을 놓을 수 없는 과제라는 사실을 일러준다.

뇌과학

오철우 《한겨레》 기자

뇌 연구자들한테 뇌는 흔히 '마음의 우주'로 통합니다. 뇌의 무수한 신경세포들 사이에 아주 미세한 전기적·화학적 신호들이 오가며 온갖 마음을 일으키고 기억을 만드는 일의 장관이 우주 삼라만상의 그것과도 같다는 뜻일 것입니다. 뇌과학에서 마음은 신경세포들의 네트워크 안에서 일어나는 이런 물리적 현상들의 산물로서 이해됩니다.

마음의 과학은 뇌에서 일어나는 신경세포들의 변화를 눈으로 직접 볼 수 있는 길이 열리면서 급속히 발전했습니다. 1990년대부터 널리 쓰이고 있는 자기공명영상법(MRI)과 양전자방출단층촬영술(PET)은 의료 분야에서 진단에 사용되는 것만이 아니라, 뇌 연구 분야의 발전을 이끈 일등공신으로 꼽힙니다. 양전자방출단층촬영술은 활발히 활동하는 뇌 부위에 쏠리는 혈류와 혈당의 분포를 영상으로 보여주어 뇌의 활동이 부위별로 어떻게 변화하는지 관찰할 수 있게 하며, 기능성 자기공명영상법(fMRI)은 혈액 안에 있는 산소 공급량의 변화를 추적해서 마찬가지로 뇌 활동의 변화를 보여줍니다. 이 영상법들은 뇌를 연구한 최근의 논문들에 연구방법으로 빠짐없이 등장할 정도로, 의식과 무의식의 마음을 이해하는 중요한 창이 되고 있습니다.

강은주 서울대 교수(핵의학)는 "뇌에서 활성화하는 영역은 글을 읽을 때와 클래식 음악을 들을 때, 음식을 먹을 때, 그리고 기쁠 때, 슬플 때 모두 다르다"라며, "뇌영상장비들 덕분에 이제는 어떤 정서가 일어날 때, 기억이 형성될 때 뇌의 어느 부위가 활성화되는지를 볼 수 있게 됐다"라고 말합니다. 전에는 뇌가 손상된 환자나 동물의 뇌를 통해서만 뇌의 기능을 연구할 수 있었지만, 이제는 정상인의 뇌가 평상시에 감정이 일어나고 기억이 이뤄지는 과정에서 어떻게 활성화하는지를 살필 수 있게 된 것입니다. 공포와 사랑, 기쁨과 슬픔 등 희로애락의 정서가 뇌영상지도에 의해 드러나고 있는 것입니다. 이런 뇌영상방식으로 최근에는 평균적 한국인의 뇌지도가 시험적으로 작성되기도 했습니다.

앞으로 '마음을 들여다보는 현미경'은 갈수록 진화할 것으로 보입니다. 강 교수는 "도파민 같은 신경전달물질이 어떻게 분포하는지를 주요한 뇌 부위에서 추적하거나, 뇌의 기능을 매우 작은 단위까지 영상화할 수 있는 새로운 뇌영상법들도 개발중"이라며, "앞으로 뇌의 작용을 좀더 세밀히 들여다보는 시대가 오면 사람의 마음과 뇌의 상호작용을 더욱 과학적으로 이해하는 길이 펼쳐질 것"이라고 말합니다.

이와 관련해, 뇌세포에서 일어나는 분자 수준의 미세한 변화까지 동영상으로 볼 수 있는 차세대 뇌영상장비를 한국 과학자가 국내에서 개발중이어서 눈길을 끕니다. 양전자방출단층촬영기를 세계 처음으로 개발한 조장희 박사(미국 어바인 캘리포니아 대학 교수)가, 양전자방출단층촬영기에다 자기공명영상장비의 장점을 결합한 고해상도의 3차원 뇌영상장비를 개발하는 데 나서고 있습니다. 혼자 '느끼는' 마음이 뇌에서 어떻게 작동하는지를 함께 영상으로 '보는' 시대가 되고 있는 것입니다.

이처럼 뇌과학이 마음의 비밀을 하나둘씩 벗겨내고 있지만, 우리가 알고 있는 뇌의 상식에 여전히 오해가 많다고 뇌를 연구하는 학자들은 말합니다. 한번 몇 가지 물음을 던져보죠. 뇌에 주름이 많을수록 머리가 좋을까? 우리는 뇌가 가진 능력 중 10퍼센트도 쓰지 못한다고 말하는데 맞는 얘기일까? 과학의 대답은 모두 "아니다"입니다.

김완석 아주대 교수(심리학)는 "고등동물일수록 뇌에 주름이 많고 그만큼 산소를 공급받기 쉬우므로 주름이 많을수록 머리가 더 좋다고 볼 수도 있지만, 같은 종인 사람들 사이에선 뇌에 주름이 많고 적은 것보다는 신경세포들 사이에 연결망이 얼마나 잘 짜여 있느냐가 더 중요하다"고 말합니다. 또 최고급 에너지를 쓰는 뇌는 평상시는 물론 비상시에도 많은 영양과 산소를 공급받아야만 활동하기 때문에, 뇌의 능력 중에서 10퍼센트밖에 쓰지 못한다는 것은 "말이 되지 않는다"라고 말합니다.

한국심리학회 소속 심리학자들이 설문조사를 통해 확인한 '뇌에 관한 오해와 진실' 몇 가지를 김 교수의 도움말을 빌려 소개하면 다음 과 같습니다.

• **치매를 예방하기 위해서는 운동보다 바둑이나 화투, 암기가 좋다?**

  아니다. 치매를 예방하기 위해선 뇌에 활발한 신진대사와 혈액순 환을 일으키는 활동이 최선이다.

• **태교를 위해 태아에게 클래식 음악을 들려주면 머리 좋은 아이를 낳는다?**

  글쎄. 클래식 음악을 듣는 것이 아이의 지능이 발달하는 데 직접 영 향을 준다는 사실을 뒷받침할 경험적 데이터는 아직 없다.

• **늙으면 뇌의 크기가 줄어든다?**

  그렇다. 70세 이후에 두뇌 전체, 특히 측두엽과 해마가 두드러지게 줄어든다.

• **남자의 뇌가 평균적으로 여자의 뇌보다 크다?**

  그렇다. 남자의 뇌는 여자의 뇌보다 평균적으로 100그램 정도 더 무겁다. 그러나 더 우수하다고 말할 수는 없다.

• **머리를 많이 쓰면 뇌세포가 많아진다?**

  아니다. 뇌세포가 많아지는 것이 아니라, 세포들 사이에 연결이 많 아진다.

작은 것으로 부터의 혁명

— 나노과학과 미시역사

나노화학자 유룡 대담기

김기봉 경기대 교수

유 룡

한국과학기술원 화학 교수 | 나노입자, 나노막대, 나노다공성물질 등 연구·개발 | 《네이처》 등에 나노물질 관련 논문 다수 발표

김기봉

경기대 사학과 교수 | 서양사, 역사이론 연구 | 저서 《'역사란 무엇인가'를 넘어서》 《포스트모더니즘과 역사학》 등

자연과학과 역사학, 두 세계의 만남

자연과학자와 역사학자는 세계관이 다를 수 있다. 자연과학자는 세상이 원자와 분자로 구성되어 있다고 믿는 반면, 역사가는 세상이 이야기로 이뤄져 있다고 생각한다. 세계관이 다른 사람과 만나러 가는 여행은 낯선 세계에 대한 두려움만큼이나 새로운 경험을 한다는 설렘을 갖게 한다.

소크라테스는 독배를 마시기 전 그에게 도망치기를 권유하는 친구들에게 이렇게 말했다. "나는 죽음이 기다려진다. 새로운 세계로 여행을 떠나는데 어찌 설레지 않을 수 있겠는가?" 과학전문지로서 최고 권위를 가진 《네이처》에 2년 연속으로 논문을 발표하고 그 성과를 인정받아 2005년에 '대한민국 최고과학기술인상'을 수상한 한국과학기술원의 유룡 교수를 만나기 위해 대전행 기차에 몸을 실으면서, 나는 다른 세계로 여행을 떠나는 사람처럼 마음이 들떴다. 그러면서도 '다른 것에서 같은 것을 보고, 같은 것에서 다른 것을 본다'는 자세로 그의 세계를 방문하기로 마음먹었다.

하지만 막상 유 교수 연구실에 들어섰을 때, 낯선 세계로 들어섰다는 느낌이 들지 않았다. 반갑게 맞이하는 유룡 교수의 인자한 모습이 사람을 처음 대면할 때 갖게 되는 긴장감에서 나를 해방시켰다. 또한 무엇보다도 여느 교수 연구실과 다를 바 없는 풍경 덕분에 낯선 세계라는 생각이 전혀 들지 않았다. 보고서와 논문 들이 책상 여기저기에 어지럽게 쌓여 있는 것이 내 연구실 풍경과 별반 다르지 않았다. 손님이 온다고 해서 방을 치웠다고 하는데 이 정도니 평소 상태가 짐작이 간다. 인문학자에게 연구실이 곧 작업실이라면, 자연과학자의 작업실은 실험실이다. 그러나 실험실에는 첨단장비가 즐비하게 놓여 있을 것이라는 내 기대 또한 빗나갔다.

초기에 연구비 지원이 너무 적어서 유 교수가 직접 수공으로 제작했다는 실험장비와 나노구조 모형을 만들기 위해 탁구공 여러 개를 테이프로 이어 붙여 만든 작품들(?)은 그야말로 공작실을 방불케 했다. 이곳이 바로 나노기술에 관한 첨단 연구의 산실이라니, 누구 말대로 유 교수 같은 나노화학자야말로 현대판 연금술사가 아닌가 하는 생각이 들었다.

나노는 마법의 지점

서양철학은 만물의 근원이란 무엇인가를 묻는 그리스 철학자의 물음과 함께 시작했다. 이 물음에 대한 완전한 답은 아직까지 풀리지 않고 있지만, 오늘날 과학자들은 만물이 물질의 속성을 갖고 있는 기본 단위인 분자들의 구조에 의해 결정된다고 믿는다. 분자들의 구조를 바꾸면 물질을 바꿀 수 있고, 물질을 바꿀 수 있다면 궁극적으로는 우리가 세상을 바꿀 수도 있다. 나노과학은 이런 과학자들의 꿈을 현실로 만든, 21세기의 최첨단 기술이다.

'인간은 만물의 척도'라는 프로타고라스 말처럼, 인류는 문명이 발달함에 따라 물질의 크기를 측정하는 기술도 발달시켜왔다. 종교와 철학이 상상력에 근거해서 가장 큰 것과 가장 작은 것에 대해 말했다면, 근대과학은 실험과 관찰을 통해 그것들을 측정했다. 측정을 위해서는 무엇보다 먼저 단위가 필요했다. 그리하여 18세기 말에 프랑스의 제안에 따라 길이와 무게를 측정하는 단위를 미터와 킬로그램으로 통일하는 '미터법'이 등장했다. 미터법은 과학적 인식을 전 지구적으로 공유하기 위한 하나의 이정표였다.

우리 일상세계에서 1미터는 하나의 표준이다. 하지만 '미터'라는 단위는 일상세계 밖의 거대한 우주를 측정하기에는 너무나 작고, 일상세계에서 보이지 않는 내부의 미시세계를 재기에는 너무나 컸다. 그래서 오늘의 과학은 거시세계인 우주의 거리를 재기 위해 '광년'을, 그리고 미시세계인 분자의 크기를 측정하기 위해 '나노(nano)'라는 단위를 요청했다. 동일한 집합이라도 그 구조를 어떻게 정의하느냐는 계량단위에 따라 다를 수 있다. 곧 어떤 측정단위를 선택하느냐에 따라 사물에 대한 정의가 달라진다.

그렇다면 오늘의 과학은 왜 '나노'라는 측정단위에 집착하는가? 나노란 '나노미터(nanometer)'의 준말이다. 1나노미터는 10억 분의 1미터

이다. 이것의 크기는 머리카락 두께의 5만 분의 1에 해당하는 크기이고, 수소원자 지름의 10배 정도가 되는 길이다. 나는 먼저 유 교수에게 왜 10억 분의 1미터라는 나노의 단위가 현대 과학의 상징이 되고 있는지 물었다. 유 교수는 1나노미터는 크기로 볼 때 '마법의 지점'이라고 했다. 나노라는 단위가 특별한 이유는 물질의 전도성이나 녹는점과 같은 일상적 성질이 파동과 입자의 이중성 또는 양자효과 같은 이상한 성질과 만나는 지점이기 때문이라고 한다.

창조의 엔진을 돌릴 수 있을까

오늘날 나노기술은 전통적인 과학과 공학은 물론 양자역학과 생명공학을 비롯한 거의 모든 자연과학 분야를 관통해서 적용되고 있다. 자연과학은 근대에 들어 물리학, 화학, 생물학, 공학 등 전문적인 학문 분과로 세분화됨으로써 서로간의 소통을 단절시켰다. 근대 과학은 전문화라는 명분으로 전공영역을 축소시켰다. 하지만 나노기술은 정반대의 방향으로 나아가고 있다. 자기 분야만 아는 전문가는 나노구조를 이해할 수 없다. 나노기술은 물리학, 화학, 생물학, 전기전자공학, 재료공학, 기계공학, 생명공학 등 거의 모든 분야와 연관된다. 따라서 나노과학은 근대 학문 분과들 사이의 경계를 가로지르는 하나의 종합 과학으로서 탈근대 과학을 성립시키고 있다.

  나노구조에는 인간이 만든 가장 작은 장치도 있고, 생명체를 구성하는 가장 큰 분자도 있다. 이런 나노구조를 연구하는 나노과학은 원자나 분자 수준에서 물질을 조작해서 전혀 새로운 성질과 기능을 가진 나노 규모의 장비를 만드는 것을 목표로 한다. 유 교수는 현 단계에서 나노과학은 기껏해야 막대나 대롱(튜브) 같은 나노물질을 만드는, 걸음마 수준이지만 앞으로 발전할 가능성이 무한하다고 말했다. 아폴로 11호를 타고 달 표면에 첫 발을 내딛은 암스트롱이 "한 사람의 작은 걸음이지만 인류의 거대한 도약"이라고 말한 것처럼, 작은 것으로부터 이루는 혁명을 꿈꾸는 나노과학의 작은 성과에는 인류 역사상 초유의 변화가 숨어 있다. 전문가들은 나노기술이 앞으로 적어도 30년 동안은, 트랜지스터를 설치하는 공간이 18개월마다 반으로 줄어든다는 무어(Gordon Moore)의 법칙이 예견하는 속도보다 더 빨리 발전할 것이라고 예측하고 있다.

  18세기에 근대 과학혁명을 선도한 뉴턴은 신이 우주를 '태엽을 감아 놓은 시계'처럼 창조했다고 생각했다. 또한 이렇게 창조된 우주는 신이 태엽을 감은 방식인 자연 법칙에 따라 움직인다고 보았다. 따라서 과학자의 임무는 신의 섭리인 이 자연 법칙을 발견해내는 데 있다고 믿었다. 하지만 나노기술이 마침내 물질의 기본 단위인 원자와 분자 수준까지 물질의 구조를 파악하고 새로운 나노구조물을 자기복제하는 기계를 만들어낼 정도로 발전한다면, 인간은 그 스스로가 창조의 엔진을 돌림으로써 자신의 희망과 의지대로 세계를 재창조하는 신의 능력을 가질 수 있다.

10억 분의 1미터 단위로 측정되는 분자의 배열을 바꿈으로써 창조의 엔진을 새롭게 가동시키는 나노기술(NT)은 정보기술(IT)과 생명기술(BT)을 선도하는 21세기 꿈의 기술로 꼽힌다. 의학, 우주과학, 컴퓨터공학, 더 나아가 무기기술의 발전은 모두 분자의 배열을 조작하는 기술능력에 달려 있다. 나노기술이 21세기를 대표하는 다른 과학기술인 로봇과학 · 유전공학과 결합해서 자기복제능력을 가진 나노로봇을 만들어낸다면, 그 영향력은 인간의 상상을 초월할 것이다. 한 명의 히틀러가 아닌 무한히 많은 히틀러를 복제할 수 있다면, 그 결과는 어떻게 나타날 것인가?

위와 같은 공상과학 소설에나 나올 법한 일이 당장 일어나지는 않겠지만, 나노기술이 머지않은 장래에 인간 수준의 지능을 가진 로봇을 개발하든지, 최소한 인간의 생리적 기능을 기계로 대치하는 사이보그를 만들어내는 정도로 발전할 것이라는 전망은 전혀 허무맹랑한 이야기가 아니다.

나노기술은 판도라 상자

과학자들은 나노기술이 여러 분자의 구조들을 조립하는 나노기계를 만들어내는 단계에 이르면, 인류는 유전자에 의해 자연적으로 진화하는 시

사학자 김기봉 교수(오른쪽)와 나노화학자 유룡 교수가 탁구공으로 만든 나노물질의
구조모형을 보면서 과학의 나노화가 몰고 온 '작은 혁명'에 관해 얘기를 나누고 있다.

대를 마감하고 인간의 의지와 선택에 의한 '문화적 진화'의 시대로 돌입할 것이라고 전망한다. '문화적 진화'라는 개념은 제2차 세계대전 직후에 러시아의 유명한 생물학자 도브잔스키(T. Dobzhansky, 1900~1975)에 의해 정립됐다. 그는 "문화는 유전자로 이어지는 것이 아니다. 문화는 다른 인간으로부터 학습함으로써 얻어진다. 어떤 의미에서 보면, 인간의 진화를 주도하는 권력이 유전자들부터 완전히 새롭고, 비생물학적이고, 초유기체적인 요인인 문화로 이행될 것이다"라고 말했다. 실제로 이런 일이 최근 유전공학이 발달하면서 점점 현실화되고 있다.

과학자들은 인류라는 생물이 자연적으로 진화하는 시기가 완료되고 나면 나노기술에 의해 인류의 '문화적 진화'가 선도될 것이라고 전망한다. 영국의 버널(J. D. Bernal, 1901~1971)은 1929년에 펴낸 《세계, 육체, 악마(The World, the Flesh and the Devil)》에서 인류에게 치명적인 세 가지 적을 가난과 홍수 같은 물질적 장애(세계), 질병과 노화와 죽음 같은 신체적 약점(육체), 마음속의 탐욕과 질투 같은 광기(악마)로 열거했다. 인류의 모든 불행과 재난이 모두 이 세 가지 적에서 기인했다. 인류 문명의 모든 과정은 이 세 적과 맞선 싸움으로 점철되었으며, 지금까지 역사상 어느 문명도 이 적들과의 싸움에서 승리하지 못했다.

하지만 나노기술을 이용해서 인류가 기계, 특히 컴퓨터와 공생 관계를 유지하는 '메타인류(metaman)'를 탄생시킨다면, 이 적들로부터 완전하게 해방될 수 있다. 컴퓨터로 인간의 뇌를 복제하는, 마음을 이식하는 기술이 개발된다면 인류는 생물학적 죽음을 초월하는 초유기체로 진화할 수 있다.

이처럼 나노기술에는 우주에서 인간이 차지하는 위치를 바꾸는 혁명적 변화가 잠재하고 있다. 칼 세이건(Carl E. Sagan)은 기로에 선 인류 문명의 미래에 대해 1994년에 출간한 《창백한 푸른 점(Pale blue dot)》에서 "어느 한 생물종이 스스로 자발적으로 행동하여 자신은 물론 수많은 다른 종들의 생존을 결정하는 위험한 존재가 된다는 것은 우리 행성 역사에서 초유의 일"이라고 썼다. 인간은 나노기술을 통해 세상을 새롭게 창조하는 신의 위치에 도달할 수 있다. 하지만 그럼으로써 인류가 반드시 행복한 삶을 영위할 거라고 말할 수는 없다는 것이 문제이다. 인간은 자기를 무한히 복제하는 인공적인 나노기계를 만들 수 있지만, 그 결과가 어떨지는 미리 알 수 없다. 나노기술은 '창조의 엔진'이 아닌 '파괴의 엔진'이 될 가능성을 담고 있는 판도라 상자이다. 기술 그 자체는 선악의 피안에 있다.

기계란 기본적으로 우리 손의 기능을 연장하기 위한 우리의 발명품이다. 하지만 우리가 인간의 능력을 초월하는 로봇을 만들거나 우리 스스로가 기계와 결합하여 사이보그가 된다면, '인간이란 무엇인가'라는 정체성 문제에 직면한다. 지금 우리는 과학기술이라는 호랑이의 등에 탄 채로 달리는 꼴이 되었다. 아무도 유전공학과 나노과학이 진보하는 것을 멈출 수 없을 것이다. 그렇다면 〈매트릭스〉 같은 공상과학 영화가 그리는 것처럼, 컴퓨터가 지구를 지배하고 우리가 그 노예가 되는 세상이 도래할 것인가? '문화적 진화'는 궁극적으로 인간성을 상실시킴으로써 역사의 종말을 초래할 위험을 안고 있다.

역사학의 나노 시대를 여는 미시사

문명사적으로 위기를 겪고 있는 상황에서 우리는 모든 문제의 출발점이 인간이라는 점을 자각할 필요가 있다. '문화적 진화'의 방향을 선택하는 것은 인간이다. 그렇다면 문명사적 전환기에 선 인류는 과연 어디서 삶의 나침반을 구할 수 있는가? 1986년에 나노기술에 관한 최초 저술로 평가되는 《창조의 엔진(*Engines of Creation*)》을 쓴 에릭 드렉슬러(K. Eric Drexler)는 이 문제에 대해 이렇게 말했다. "이런 엄청난 변화를 가져올 미래를 이해하기 위해 필요한 것은 과거의 가장 큰 격변기를 견뎌내게 해준 변화의 기본 원리를 알아내는 것이다. 이런 기본 원리야말로 미래를 전망하는 유용한 길잡이다."

역사학의 존재 이유는 드렉슬러의 말처럼 시간의 시금석을 통해 검증된 변화의 기본 원리를 이야기한다는 점에 있다. 이를 위해 역사학은 물질세계의 기본을 이루는 나노구조와 같은 것을 역사에서도 찾아내야 한다. 과연 이야기로 이뤄져 있는 역사에도 분자로 구성된 물질세계와 마찬가지로 나노구조가 있을까? 만약 역사에도 분자의 나노구조에 해당하는 '나노이야기'가 있다면, 연구대상을 작게 축소해서 현미경으로 보듯 관찰함으로써 역사세계를 재구성하는 미시사가 역사학에서 나노 시대를 여는 희망일 수 있다. 미시사는 인식과 실천 두 방면에서 나노과학으로부터 시사점을 얻을 수 있다.

거시세계에서 미시세계로의 인식론적 전환

거시세계만을 주로 역사 연구의 대상으로만 삼던 종래의 역사학은 삶을 오리엔테이션한다는 역사학의 본래 임무를 충실히 수행하지 못했다. 왜 그러한가? 역사학이란 기본적으로 마르크 블로크(Marc Bloch, 1886~1944)의 말처럼 '시간 속의 인간에 관한 과학'이라고 할 수 있는데, 오히려 인간을 역사에서 소외시켜왔기 때문이다. 역사에서 인간이 소외되는 현상은 근대에 일어난 사회 변동과 관련되어 일어났다. 근대 산업사회에서 국가나 자본주의 같은 비인격적인 제도나 구조가 역사를 추동하는 동력으로 대두함으로써, 인간들은 그저 익명의 대중으로 전락했다. 마르크스는 그러한 대중에게 계급의식을 불어넣음으로써 역사의 주체인 프롤레타리아로 부활시키는 사회주의 혁명을 기대했지만, 현실로 나타난 사회주의는 자본주의보다 더 심각하게 대중을 체제와 구조의 감옥에 감금

시킴으로써 자멸하고 말았다.

미시사는 근대 거대담론이 주도한 거시사적 전망에 대한 반성으로부터 생겨났다. 자연과학이 '아주 작게 생각하기'를 통해 세계를 재창조하는 나노혁명을 선도한다면, 미시사는 종래의 역사책에 나오지 않던 평범한 사람들이나 사건들에 대해 '아주 치밀한 묘사'를 함으로써 다른 역사의 가능성들에 대해 실험하고자 한다. 미시사가 작은 대상을 연구하기 때문에 보는 관점 역시도 작다고 말할 수는 없다. 한 알의 모래에서 세계를 보고 하나의 물방울에서 대양을 볼 수 있다고 믿는 미시역사가들은 거시세계에서 미시세계로 인식론적 전환을 시도한다.

역사란 기본적으로 인간을 주인공으로 해서 전개하는 세상에 대한 이야기다. 이야기 조각들이 모여서 구성되는 것이 역사라면, 역사의 단위는 이야기다. 어떤 규모의 이야기를 해야 할 것인가에 따라 역사는 거시사와 미시사로 나뉜다. 개별적인 인간이 아니라 초개인적인 사회구조나 체제의 변화를 역사 서술의 중심대상으로 설정하는 사회사나 구조사는 거시사를 지향했다.

하지만 사회와 역사 전체를 사회공학에 입각해서 바꾸려는 근대의 기획이 실패하면서, 우리는 큰 것이 변함으로써 작은 것이 자동적으로 변하는 것이 아니라, 작은 것이 변해야 큰 것이 변할 수 있음을 깨달았다. 가장 작은 것에서 촉발된 '아래로부터의 혁명'이 가장 근본적인 변화를 낳을 수 있다는 신념에서 역사이야기의 규모를 미시세계로 축소해

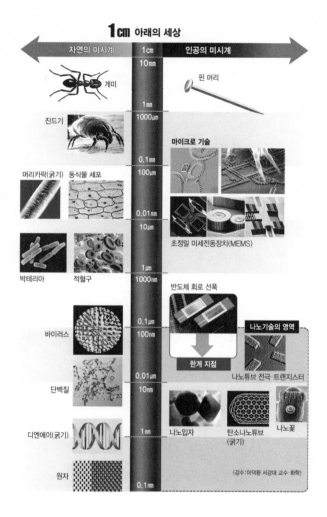

1cm 아래의 세상

자연의 미시계 — 인공의 미시계

1 cm
10mm — 핀 머리
1 mm
1000㎛ — 진드기
마이크로 기술
0.1mm
100㎛ — 머리카락(굵기) 동식물 세포
0.01mm
10㎛ — 초정밀 미세전동장치(MEMS)
1㎛ — 박테리아 적혈구
1000nm — 반도체 회로 선폭
0.1㎛ — 바이러스
100nm — 나노기술의 영역
한계 지점
0.01㎛ — 단백질
나노튜브 전극·트랜지스터
10nm — 나노꽃
1nm — 디엔에이(굵기)
나노입자 탄소나노튜브 (굵기)
원자
0.1nm

(감수:이덕환 서강대 교수·화학)

1센티미터 아래의 세상

© 최광일

작은 것으로부터의 혁명 – 나노과학과 미시역사 53

야 한다는 미시사적 문제의식이 생겨났다.

나노과학이 물질세계를 구성하는 분자의 기본 구조를 '나노'라는 단위로 파악하는 것처럼, 미시사는 인간세계를 이야기하는 역사의 기본 단위로 '나노이야기'를 상정해볼 수 있다. 역사가 궁극적으로 인간에 대한 이야기라면, 인류학자 말리노프스키(B. K. Malinowski)의 말대로 인간 삶의 영원한 주제인 "인간은 살며 사랑하다 그리고 죽는다"가 역사의 근본을 이루는 '나노이야기'가 된다. 이러한 '나노이야기'를 추적하는 역사가의 장인정신을 마르크 블로크는 "역사가란 인간의 살 냄새가 나는 곳은 어디든지 쫓아가는 전설 속에 나오는 흡혈귀"라고 표현했다. 오늘의 역사학이 인간 삶을 오리엔테이션한다는 본래 기능을 상실하고 위기에 빠진 근본원인은, 역사가들이 "인간은 살며 사랑하다 그리고 죽는다"를 기본으로 해서 역사이야기를 구성하지 않기 때문이다. 따라서 다시 살 냄새 나는 인간을 역사이야기의 중심주제로 재설정하고자 하는 미시사가 역사학의 미래를 여는 희망일 수 있다.

'작은 것으로부터의 혁명'을 꿈꾸는 미시사와 나노과학

근대가 아주 큰 것을 성취하기 위해 커다란 행동을 요구하는 거대담론의 시대였다면, 탈근대는 아주 작은 것에 대해 철저히 성찰함으로써 가장 근본적인 변화를 모색하는 나노 시대이다. '나노'는 그리스어로 본래 '난쟁이'를 의미한다고 한다. 거대담론으로 세계를 변화시키고자 한 거인의 시대가 근대라면, 작은 것이 아름다울 뿐만 아니라 중요하다는 것을 깨닫고 근대라는 거인의 어깨 위에 올라탄 난쟁이의 시대가 탈근대이다.

탈근대의 미시역사가는 역사에서 거대담론에 입각한 혁명을 더는 꿈꾸지 않는다. 그 대신 자기가 다루는 시대를 살아간 인간들의 일상적 삶에서 가장 밑바닥을 이루는 나노구조를 발견하고자 한다. 그리하여 그것으로부터 시작된 변화를 기점으로 역사 전체가 바뀔 수 있었던, 과거의 잃어버린 가능성들을 발굴해서 이야기하고자 한다.

크기가 100나노미터 이하인 재료를 만드는 나노기술에는 두 가지 접근방식이 있다고 한다. 하나는 '작게 줄이기(top-down)' 방식이고, 다른 하나는 '크게 늘리기(bottom-up)' 방식이다. 전자가 큰 재료를 작게 나누는 방법이라면, 후자는 작은 것들을 조립해서 큰 것을 만드는 방법이다. 분쇄기로 갈아서 작은 입자를 만드는 '작게 줄이기' 방식은 오래 전부터 해온 전통적인 방법이다. 거대담론을 해체해서 역사를 작은 이야기로 만드는 미시사는 바로 나노기술의 '작게 줄이기' 방식에 해당한다.

그런데 기존 역사가들이 미시사에 대해 회의적인 시선을 보내고 있는 이유는, '전체는 부분의 총합 이상'이라는 말에서 알 수 있듯이 미시사로는 전체사적인 조망에 도달할 수 없다는 점이다. 해체 그 자체는 무의미하다. 해체의 의미는 결국 재조립을 통해 드러난다. 나노공정의 '크게 늘리기' 방식이 나노미터 크기의 기본 구성물질을 레고 블록처럼 쌓아올려서 큰 구조물을 만들어내듯이, 미시사의 목표는 거시사에 의해 배제되고 망각된 작은 이야기들을 발굴하여 재구성함으로써 궁극적으로는 큰 이야기를 하는 것이 되어야 한다.

미시역사가는 인간의 삶 총체에서 가장 근본적인 토대를 형성하는 '나노이야기'를 발견하기 위해 거시사를 잘게 나누는 미분의 역사뿐 아니라, 미시사의 '나노이야기들'을 다시 쌓아올려서 역사에 대한 새로운 전체상을 제시하는 적분의 역사도 써야 한다. 나노과학자와 미시역사가의 눈은 각각 물질과 역사를 바라보지만, '작은 것으로부터의 혁명'을 추구한다는 점에서 동일한 작업을 두 세계에서 하고 있는 셈이다.

나노과학

오철우 《한겨레》 기자

'나노과학(nano science)'이라는 말은 과학자들에게도 종종 혼란스러
운 개념입니다. '미터과학'이라는 말이 따로 없듯이, '나노미터(nm,
10억 분의 1미터)'라는 계량단위로 새로운 과학 분야를 아울러 이름 붙이
기에는 다소 무리가 있다는 얘기입니다. 게다가 10억 분의 1미터라는
나노미터 수준에서 일어나는 갖가지 자연 현상을 연구하는 나노과학
은, 사실 따지고 보면 지난 수십 년 동안 과학이 이미 해온 것과 비슷한
내용이라는 평가도 있습니다.

  이덕환 서강대 교수(화학)는 "나노라는 말을 즐겨 쓰지 않았을 뿐
19세기 말부터 시작된 의약품과 염료 합성, 그리고 1960년대와 1970
년대의 나일론 · 플라스틱 등 합성고분자 혁명은 이미 나노미터 수준
에서 일어난 사건들"이라며, "나노과학은 반도체 · 신소재 같은 분야
에서 특정한 공학적 응용을 위해 연구하는 과학기술로 엄격하게 정의
될 필요가 있다"고 말합니다.

나노과학을 연구하는 나노과학자들의 시각은 이와 다릅니다. 나노과학자들은 "나노 수준의 미시세계에서 물질은 우리가 일상적으로 경험하는 거시세계와 매우 다른 전기적·광학적 성질을 띤다. 이런 '나노 특성'을 파악하고 제어하려는 과학기술의 새로운 도전은 기존 방식과 전혀 다르게 이뤄지는 혁명적인 일이다"라고 말합니다. 용어와 관련해 다소 논란이 있지만, '나노'는 이미 현대 과학기술의 한 축을 상징하는 말이 되었습니다.

나노과학은 머리카락 굵기의 수만 분의 1보다 더 작은 크기인 나노미터 단위 수준에서 미세물질을 조작하고 그 성질을 연구하는 분야입니다. 수백에서 수십 나노미터 크기뿐 아니라 원자 자체의 크기인 0.1~0.2나노미터보다 약간 큰 몇 나노미터 크기의 입자들까지도 쉽게 만들어낼 정도로 2000년대 들어 발전을 거듭하고 있지요.

이런 발전을 촉발시킨 데에는 무엇보다도 대롱(튜브) 모양의 나노물질인 탄소나노튜브가 중요한 구실을 했습니다. 탄소나노튜브가 탄생하는 데 씨앗이 된 축구공 모양의 탄소분자 풀러렌(C60)이 1980년대에 발견되면서, 탄소나노튜브는 나노과학을 앞장서서 견인해왔습니다. 탄소나노튜브는 반도체의 성질을 지니고 있을 뿐만 아니라, 같은 규모에서 비교할 때 강철보다도 훨씬 더 강한 성질을 지니는 첨단의 신소재 물질로 꼽히고 있습니다. 탄소나노튜브에 이어 나노과학은 원자나 분자를 차곡차곡 쌓아 조립하는 방식으로 새로운 물질을 속속 발명했습니다. 모양과 구조도 가지가지이지요. 둥글둥글한 모양의 나노공, 대롱 모양의 나노튜브, 길쭉한 모양의 나노막대, 구멍이 숭숭 뚫린 나노벌집 등은 나노물질의 연구결과를 보여주는 대표적 사례들입니다.

나노물질이 주목받는 이유는 무엇일까요? 무엇보다도 물질이 나노 단위까지 잘게 쪼개져 작아지면 보통의 세계에서는 나타나지 않는, 물질의 새로운 특성이 발현됩니다. 탄소튜브의 반도체 성질이나 강한 성질이 그런 사례입니다. 같은 물질이 나노의 세계에 들어설 정도로 작아지면 물질 자체의 성질이 바뀌어 색깔이 달라지기도 합니다. 강세종 고려대 교수(물리학)는 "금 나노입자는 빨간빛도 띠고 초록빛을 띠기도 한다"라며, "금 원자 하나 또는 수십 개의 색은 우리가 일상에서 보는 금빛과는 다르다"고 말합니다.

또 나노입자들은 다른 물질을 만날 때 매우 쉽게 반응하는 성질을 띠게 됩니다. 다른 말로 하면, 반응도가 높아진다는 얘기입니다. 매우 안정되어 쉽게 변하지 않는 물질인 금마저도 작은 나노입자로 쪼개지면 활성을 띠어 다른 물질과 쉽게 반응한다고 나노과학자들은 전합니다. 왜 물질은 나노 규모로 작아지면 쉽게 반응하는 걸까요? 물질을 잘게 쪼개면 그 물질의 부피는 일정하지만 쪼개진 것들의 총 표면적이 커져서 그만큼 외부의 물질과 접촉할 기회가 커지기 때문에, 그만큼 반응이 더 활발해진다고 말합니다.

예를 들어 생각해보죠. 가로와 세로 그리고 높이가 1인 육면체의 표면적은 얼마일까요? 주사위를 생각해보세요. 당연히 6입니다. 그러면 이를 둘로 나누면, 나뉜 둘의 표면적은 합이 얼마일까요? 계산해보면 아시겠지만 8입니다. 네 개로 나누면 12가 되고, 예순네 개로 나누면 24가 됩니다. 이처럼 물질이 쪼개져 작아지면 표면적의 합은 훨씬 더 크게 늘어나죠. 강세종 교수는 "큰 덩어리에서 표면 쪽에 있는 원자들은 덩어리 속 원자들과 비교해볼 때 워낙 적은 수여서, 외부와 반응한다 해도 덩어리 전체에 끼치는 영향이 크지 않다"며 "하지만 아주 작은 나노입자에서는 쉽게 표면 원자들이 안쪽의 적은 원자들을 위해 참을 수 없는 상황이 되고, 그러면 물질 전체를 변화시키는 활성을 일으킨다"라고 비유적으로 설명합니다. 몸집이 작을수록 쉽게 변한다는 얘기입니다.

이런 나노입자의 독특한 성질을 이용하면 여러모로 물질의 쓰임새가 넓어집니다. 나노과학자들은 "이런 나노물질들은 신소재와 신소자 등으로 실용화될 수 있다. 금 물질이 나노 수준에 이르면 붉은빛을 띠기도 하고 반도체가 되기도 하듯이, 나노 신소재, 신소자 들의 새로운 특성은 쉽게 반응하기 때문에 에너지 소모를 줄이고 물질 기능의 효율을 높인다는 점에서 각광받고 있다"고 말합니다. 이미 100나노미터 이하의 세계로 들어선 반도체 회로의 선폭을 더욱 줄여 그 집적도를 높이려는 연구가 나노과학의 한 축이 되고 있습니다.

쉽게 반응하는 나노입자의 성질은 좋게 쓰면 약이 됩니다. 철의 나노입자는 독성이나 유해물질과 쉽게 뭉쳐 오염된 토양을 정화하는 구실을 합니다. 생체에서 쉽게 반응하는 나노물질은 효과가 빠른 약물로 쓰일 수도 있습니다. 그렇지만 나노과학의 미래가 언제나 장밋빛이지만은 않은 것 같습니다. 잘못 쓰면 독이 될 수 있습니다. 언제 어떻게 반응할지 명확히 규명되지 않은 나노입자들은 때때로 새로운 공해물질을 만들거나 독성물질로 작용할 가능성도 높다는, 그래서 환경과 건강을 해칠 가능성도 있다는 경고성 연구결과도 잇따라 나오고 있습니다. 일부 나노과학자들은 "매우 작은 나노입자는 세포 안까지 침투해 세포의 분열과 생리에 상당한 영향을 끼친다는 논문이 잇따라 발표되고 있다", "수백 나노미터에선 큰 문제가 없지만 나노입자가 20~30 나노미터 이하보다 더 작아지면 반응이 활성화되는 증폭 현상이 심하게 나타나 새로운 특성을 보인다"라고도 말합니다. '작은 것이 아름답다'라고 일컬어지는 나노과학은 아직 정체가 다 드러나지 않은 두 얼굴을 지니고 있는 듯합니다.

나노과학은 2000년에 빌 클린턴 전 미국 대통령이 '국가나노기술전략(NNI)'을 내세운 이후 세계 각국으로 확산됐습니다. 국내에선 2001년에 '나노기술종합발전계획'이 국가 차원에서 수립돼 추진되고 있습니다.

'반도체 사유',
미래 화두 던지다

반도체공학자 유인경 대담기

성태용 건국대 교수

유인경

삼성종합기술원 상무(재료공학) | 반도체 재료·설계 연구, 미래 반도체 메모리 연구 | 강유전체 메모리 세계 첫 개발(1996), 산화물 반도체 첫 개발(2004)

성태용

건국대 철학과 교수 | 사서삼경 연구, 가상현실과 동양철학 등 연구 | 저서 《오늘에 풀어보는 동양사상》 《주역과 21세기》 등

퍼가는 사람이 많으면 많을수록 좋은데 퍼가려는 사람이 별로 없는 것이 인문학의 고민이다. 반대로, 맘대로 퍼가는 사람이 있으면 큰일 나는데 무단으로 퍼가려는 사람들이 많아서 걱정인 것이 첨단 과학기술 분야일 것이다. 엄하게 출입을 통제하는 삼성종합기술원에서 이를 실감하면서, "오늘은 최첨단 기기를 이용한 연구현장에서 최첨단 이론을 보고 듣게 되겠구나. 내가 얼마나 그것을 이해하고 대담을 이끌어나갈 수 있을까?" 하는 긴장감에 사로잡혔다.

유인경 박사는 만난 지 몇 분 되지 않아 색다른 충격으로 필자의 이런 긴장감을 날려버렸다. 그의 책상 위에서 필자가 저자로 적혀 있는 책을 발견할 줄이야. 필자의 글을 다 읽고 그 내용을 추출하여 반도체 이론을 설명하는 틀로 만들어서는, "동양철학의 이론을 반도체 이론 등과 이렇게 맞춰보면 어떨까요?" 하고 내밀 때, 그것을 받아드는 필자의 심정이 어땠을 것인가? 처음엔 '논문 몇 편으로 써도 안 될 이야기를 이렇게 쉽게?' 하며 경계하고 반발하는 마음도 없지 않았다. 그러나 이렇게 과감하게 시도함으로써 전혀 다른 두 영역이 만나는 순간에 대화의 통로를 마련하고자 배려한 것임을 알고는 고마운 마음으로 대담을 진행시켰다. 적어도 필자에게는 충격적 효과를 주면서 좋은 결과를 얻었다고 믿어지는 그 친절함을 이 글을 통해서도 베풀어보자.

과학으로 본 동양철학

'이(理)'는 보편성의 원리이며 '기(氣)'는 개별성의 원리라는 '이기론'을 반도체에 적용시켜보자. 유 박사는 금이나 규소, 모래 같은 물질재료가 바로 '기'에 해당되고, 전기전도 법칙은 '이'에 해당된다고 보았다. 나아가 그 물질재료와 그 위에 구현되는 법칙을 상대적으로 보는 것은 이기이원론(理氣二元論)에 가깝지만, 바로 그 물질성 위에서 법칙성이 구현된다고 보는 측면에서는 이와 기가 별개로 존재할 수 없다는 이기일원론(理氣一元論)의 관점이 성립한다는 것이다.

또한 "물은 어디에 있으나 물이지만, 그 모습은 둥근 그릇에 담기면 둥근 모습이 되고 모난 그릇에 담기면 모난 모습이 된다"는 율곡의 이통기국론(理通氣局論)은 "규소는 어디에 있으나 규소이지만, 그 모습은 붕소와 섞이면 양전도체 모습이 되고, 인과 섞이면 음전도체 모습이 된다"는 반도체에 대한 설명으로 이어졌다. 불교의 통일성과 다양성을 함께 인정하는 원효의 "열면 무량무변한 뜻이 종(宗)이 되고, 닫으면 두 문과 한 마음(二門一心)의 법이 요(要)가 된다"는 종요론(宗要論)은 "열면 음양이 통로로 연결되고, 닫으면 트랜지스터가 스위치의 요체가 된다"는 반도체 구조와 상응하는 것으로 이해되었다.

이런 설명을, 그것도 파워포인트 프로그램을 이용한 자료화면을 통해 듣는 자리는 아이로니컬하게도 애초 이 기획의 의도와 반대로 '과학기술의 창으로 본 동양철학'의 자리가 되고 말았다. 이기론이 좌표평면을 통해 표현되는 것을 보면서 '저렇게 될 수도 있겠구나!' 하며 놀라기도 하고, 어떤 때는 '내가 쓴 글이 저렇게 이해될 수 있나?' 하는 물음이 마음속에 오가는, 낯설지만 새로운 시도를 대하는 충격이 계속되는 시간이었다.

물론 유 박사가 동양철학의 원리를 이해하는 방식에 전적으로 찬동하는 것은 아니지만, 그렇다고 그 이해가 정확하냐 아니냐를 따질 자리도 아니다. 관념 속에서 맴돌던 이야기가 가시적 평면 위에 명료하게 표현되는 점은 좋지만, 미묘한 철학적 사유를 너무 단순화하는 데서 오는 위험성 또한 지니고 있다. 디지털적 사고가 동양철학에 적용된 느낌이랄까? 동양철학의 가르침과 현대 최첨단 과학의 원리가 그대로 통한다는 식의 이야기가 위험한 것처럼, 이러한 이해를 그대로 받아들이는 것 또한 위험하기 짝이 없는 일이다. 불교에서 말하는 '물질이 바로 공(空)이다'라는 가르침이 바로 아인슈타인의 상대성 원리를 가리킨다고 이해하는 것은 얼핏 보면 그럴듯하지만, '공'의 개념을 제대로 이해한다면 그렇게 단순화하여 말하기 어렵다. 유 박사가 이해하는 방식은 일단은 동양철학의 사고방식을 디지털 문명과 연결시켜 이해해보려는 하나의 시도라는 한계 속에서 인정해야 할 것이다.

그러나 그렇다고 하여 그 한계를 지나치게 강조한 나머지 동양철학의 사고방식과 이론 들이 현대 과학과 연결될 수 있는 통로 자체를 막아버리는 것은 더더욱 위험할 수 있을 것이다. 우선 유 박사가 시도한 방식으로 관념적인 용어들에 뒤덮여 뜬구름 잡듯 표현하던 동양철학의 담론 속에서 그 골격과 체계를 추려 명료하고 단순하게 표현할 수 있었다는 것 자체만으로도, 동양철학을 이해하는 데에 많은 시사점을 준다고 본다.

가상현실에 정신이라는 잣대를

대담이 진행될수록 계속 확인되는 것은 인문학과 과학기술이 사고방식의 패턴에서는 공통분모를 가질 수 있다는 점이었다. 양자역학이나 첨단 물리학 영역에서 새로운 이론을 창출하기 위해서는 구체적 실험보다도 창의적 직관이 가장 중요다고들 한다. 무수한 실험으로 어떤 원리나 이론이 발견되기도 하지만, 창의적 직관이 먼저고 그 다음에 많은 실험을 통해 그것이 확인되면서 하나의 이론으로 정립된다는 것이다. 그리고 그러한 최초의 창의적 직관에 동양철학의 이론들이 번뜩이는 영감의 원천으로 작용할 수 있다는 이야기가 현대 물리학과 동양철학을 연결하는 많은 책들에 예시되고 있다. 앞으로 동양적 사유방식이 과학기술을 발달시키는 새로운 촉매로 각광을 받으며 등장할 수 있으리라는 희망적인 이야기들도 심심찮게 나온다.

만약 그러한 일들이 실제로 이뤄진다면 그 첫걸음은 분명 유 박사가

동양철학자 성태용 교수(왼쪽)와 반도체공학자 유인경 상무가 최근 개발한 산화물 반도체 전시물을
함께 살펴보며 동양철학과 디지털 문명의 상호소통에 관해 얘기를 나누고 있다.

시도한 것처럼 동양철학의 원리들을 명료한 표현으로 단순화하는 일에 서부터 출발하여야 할 것이다. 그렇게만 된다면 현대 과학과 동양철학은 전혀 갈등 없이 서로 보완적으로 존재할 수 있지 않을까?

물론 그렇게 쉽지는 않을 것이 분명하다. 동양철학의 심원한 이론들은 대체적으로 인간의 정신을 고양시키고, 세계와 자신에 대해 새로운 눈을 뜨게 하며, 무한한 정신적 자유의 영역으로 인간을 해방시키는 것이었다. 그런데 현대의 과학기술이 낳은 문명이 과연 그러한 작용을 하고 있는가? 물질 문명이 발달함으로써 오히려 인간성의 소외를 부추긴다는 문명비평가들의 목소리를 들으면, 물질 문명이 발달하는 데 원동력이 되는 과학기술이 앞서 말한 역할을 한다고 볼 수는 없을 것이다.

특히나 동양철학을 부활시켜 현대 문명의 병폐를 치유할 수 있다고 외치는 일부 동양철학 연구자들의 외침 속에 과학기술에 대한 강한 적대적 감정까지도 들어 있음을 보면, 동양철학과 과학기술 문명이 그리 쉽게 화해하지는 못할 듯하다. 결국 유 박사 식으로 동양철학과 과학기술 문명을 하나의 틀 속에서 이해하려는 시도가 갖는 의미와 한계는 무엇일까를 다시금 묻지 않을 수 없다.

이러한 물음에 쉽게 답변이 나올 수는 없는 일이다. 그렇다고 그냥 넘어갈 수 있는 일도 아니니, 일단 동양철학과 과학기술의 관계를 보여 주는 두 가지 측면의 예들을 살펴보자. 우선은 유 박사가 시도한 것과 유사한 관계로서, 과학기술이 발전하면서 동양철학에서 이야기하는 세계가 현실로 구현되는 것 같은 예를 보게 된다.

불교에는 "겨자씨 속에 수미산이 들어간다"는 말로 본질과 현상이 어우러지는 진리의 세계를 표현한다. 진리를 완전히 깨달은 사람이 아니라면 이 말은 그저 관념상의 문자놀음에 지나지 않을 수 있다. 그러나 손톱만 한 크기에 어마어마한 정보를 담아내는 반도체를 보면 정말로 관념이 아닌 구체적인 현실 속에서 그러한 실례를 보는 것 같지 않은가? 장자는 꿈속에서 호랑나비가 되었다가 깨어나서는 "내가 호랑나비 꿈을 꾼 건가, 호랑나비가 내 꿈을 꾸고 있는 건가?" 하고 물었다. 또 꿈속에서 또 꿈을 꾸는 겹겹의 꿈속 세계를 상정하고, 그 세계 하나하나가 그 속에 있는 존재들에게는 실재의 세계로 여겨질 수 있음을 말하였다. 장자는 무한한 관념의 영역에서 이러한 이야기를 했을지 모른다.

그런데 바로 그러한 현실이 우리 눈앞에 펼쳐지고 있다. 사이버 공간, 그 가상세계는 실재하는가? 가상세계와 현실세계를 넘나드는 많은 군상들을 보면 '가상'이라고 이름붙인 세계가 절대로 그저 '가상'에 그치지 않음을 알게 된다. 그 세계도 엄연한 실재성을 가지고 있다. 불교 화엄학에서는 '무한중중(無限重重)의 연기(緣起)'를 말한다. 제석천의 그물이 세계를 덮고 있는데, 그 그물코마다 마니구슬이라는 투명하고도 모든 것을 반영하는 구슬이 달려 있다고 한다. 구슬끼리 서로서로 영상을 투영하는 일이 끝없이 일어나면, 하나의 구슬 속에 모든 구슬의 그림자가 들어 있게 된다. 이런 이론들은 예전엔 참으로 이해하기 힘든 오묘한 법문이었으리라.

그러나 현대 과학의 성과를 들이대면 그다지 이해하기 힘들 것도 없다. 끝없이 펼쳐지면서 모든 존재들을 하나의 그물 속으로 엮어나가는 인터넷 망을 보면, 관념이 아닌 실제 세계 속에서 제석천의 그물을 보는 듯하지 않은가? 이렇게 본다면 과학기술이 관념의 영역에서 노닐던 동양철학의 이론들을 물질세계에 구현하고 있다고 할 만한 측면이 있고, 유 박사가 말하는 식의 상응성을 지니고 있다고 말해도 좋을 것이다.

동양사상과 과학기술은
운명의 평행선을 걷는가

그러나 동양사상과 과학기술이 이처럼 쉽게 연결될 수 있다고 보는 관점을 근본적으로 부정하는 소리가 전혀 다른 측면에서 터져 나온다. 인간의 정신을 자유롭게 만들고 고양시키는 동양사상과 달리, 과학기술은 물질화되고 기계화된 세계를 만듦으로써 인간을 소외시키고 정신을 피폐하게 한다고 보는 것이다.

장자의 예를 들어보자. 포정이라는 사람은 소를 잡을 때 그 앞에서 칼춤을 추듯 신묘하게 칼을 놀리면 소가 완전히 해체되는 신기를 지니고 있다. 그는 소의 살이나 뼈를 가르는 게 아니라 몸속에 있는 빈 공간을 가르기에 몇 년을 써도 칼이 숫돌에서 갓 갈아낸 것 같았다. 그는 소 잡는 일을 통해 마음의 눈을 떴으며, 도(道)에 나아가고 있다. 취향이 맞는 사람들이라면, '아, 나도 그런 경지까지 갈 수 있다면!' 하는 바람을 가질 수도 있는 이야기이다. 그러나 취향이 다른 사람이라면? "뭐 하러 그런 힘든 짓을 하는가? 소를 밀어 넣으면 자동으로 분해되어 나오는 기계를 만들면 되지!"라고 말할 사람은 없을 것인가? 아무나 도전할 수 없는 신묘한 경지를 꿈꾸기보다 모든 사람이 편하게 이용할 수 있는 기계를 만들면 되지 않는가 말이다. 그 장점이 얼마나 큰가? 한두 사람만이 느끼고 고개를 주억거리며 무릎을 치는 관념적인 경지가 아니라, 모든 대중들에게 편리함을 준다는 큰 매력이 있는 것이다.

그런데 장자는 또 이렇게 말한다. "그렇게 편리함을 추구하는 마음(機心)이 한번 일어나면, 계속 그것을 추구하느라 영원히 자유를 잃어버린다." 냉장고가 생겨 언제나 차가운 음식을 먹게 된 지금, 그대는 찬 우물물에 담가둔 시원한 수박을 꺼내 먹던 그 시절보다 수십 배 행복한가? 인간은 편리할수록 행복한 것인가? 끝없이 "조금 더 편하게 편하게"를 외치며 달려나가는 삶은 이미 자신의 삶이 아니라 시장경제의 논리에 의해 억지로 만들어진 환상을 쫓아가는 피동적인 삶일 뿐이라고 장자가 경고할지도 모르겠다.

실제로 이렇게 평행선을 그으면서 연결점을 찾지 못한 것이 동양사상과 과학기술 문명의 관계일 것이다. 아니, 같은 차원에서 연결점을 찾으려 하는 것이 본디 잘못된 것일지도 모른다. 지금까지 동양철학, 동양 사상 하면서 거칠게 하나로 뭉뚱그려 말할 수 있는 것처럼 말해왔지만 동양의 철학과 사상도 수없는 갈래가 있고, 그들 사이에도 서로 용납하지 못할 만큼 거리가 있는 이질적인 요소들이 많다.

그러나 한 번 더 거칠게 뭉뚱그려서 이야기해보기로 하자. 서양의 문명, 특히 자본주의 문명의 바닥에는 "인간의 욕망은 충족시켜야 한다"라는 전제가 놓여 있다고 한다. 그런데 전반적으로 동양철학의 밑바닥에는 "인간의 욕망은 통제하고 더 나아가 넘어서야 할 대상이다"라는 전제가 놓여 있다 한다. 물론 이렇게 큰 테두리에서 거칠게 하는 이야기가 다 맞을 수 없다는 것은 이미 말했으니 변명하지 않기로 하고, 그렇다 하더라도 불교 · 유교 · 힌두교 등 동양사상의 주류라고 할 수 있는 사상들 속에 분명 욕망에 대해 소극적이거나 부정적인 시각들이 자리 잡고 있는 것이 사실이다. 노자는 욕망을 작게 할 것을 주장했으며, 맹자는 "마음을 기르는 데 욕망을 작게 하는 것보다 좋은 것이 없다"고 하였다. 불교는 한 걸음 더 나아가 욕망을 넘어선 자유로운 존재를 지향하는 듯한 색채를 보이고 있다.

그렇다면 겉보기에 과학기술과 동양사상이 평행선을 달리고 있는 듯하지만, 실제로는 아예 인간과 세계, 그리고 그 속에서 인간이 지향해야 할 바에 대해 근본적으로 서로 다른 시각이 그 바탕에 있는 것이 아닐까? 과학기술이 발전해가는 바탕에는 인간과 세계에 대한 어떤 사상이 자리

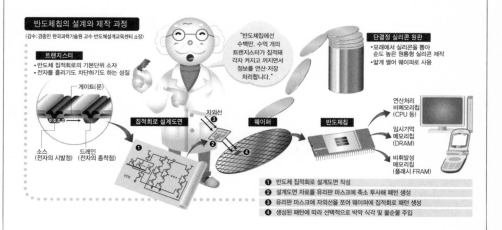

반도체칩의 설계와 제작 과정

(감수: 경종민 한국과학기술원 교수·반도체설계교육센터 소장)

트랜지스터
- 반도체 집적회로의 기본단위 소자
- 전자를 흘리기도 차단하기도 하는 성질

게이트(문)

소스 (전자의 시발점)　드레인 (전자의 종착점)

"반도체칩에선 수백만, 수억 개의 트랜지스터가 집적돼 각자 켜지고 꺼지면서 정보를 연산·저장 처리합니다."

단결정 실리콘 원판
- 모래에서 실리콘을 뽑아 순도 높은 원통형 실리콘 제작
- 얇게 썰어 웨이퍼로 사용

집적회로 설계도면　　자외선　　웨이퍼　　반도체칩

연산처리 비메모리칩 (CPU 등)

임시기억 메모리칩 (DRAM)

비휘발성 메모리칩 (플래시 FRAM)

❶ 반도체 집적회로 설계도면 작성
❷ 설계도면 자료를 유리판 마스크에 축소 투사해 패턴 생성
❸ 유리판 마스크에 자외선을 쪼여 웨이퍼에 집적회로 패턴 생성
❹ 생성된 패턴에 따라 선택적으로 박막 식각 및 불순물 주입

반도체칩의 설계와 제작 과정

잡고 있을까? 과학기술은 그런 것과 전혀 관계없는, 즉 가치중립적인 것이기만 한 것일까?

디지털 문명과 인문학은 조화와 상호보완적 관계

유 박사의 '명쾌한 강의'를 들으면서도 평소에 지니고 있던 이러한 의문들이 머릿속을 오가는 것은 필자가 고리타분한 인문학자인 한계이리라. 저 명쾌한 강의가 끝나면 정면으로 질문을 한번 던져봐야지 하고 마음을 다지고 있었음을 유 박사는 알지 못했을 것이다. 그런데 결국 그러한 질문은 던지지 못하였다.

평소 어쭙잖게 지니고 있던 컴퓨터의 원리에 관한 지식과, 《주역(周易)》에 대한 지식을 연결시켜 던진 질문에 전혀 예상치 못한 답이 돌아왔기 때문이었다. "《주역》은 컴퓨터의 원리와 흡사한 음양이라는 이분법적 사유를 근본으로 하면서도 음이 극에 달하면 양으로, 양이 극에 달하면 음으로 전환되는 아날로그적 측면까지 내포하고 있다. 그에 반해 컴퓨터는 고정된 이분법에 기초하고 있는데 컴퓨터나 반도체에도 그러한 동적인 원리를 도입할 수는 없는 것인가? 그럴 수 있다면 전혀 다른 차원의 컴퓨터도 나올 수 있지 않느냐?" 정말 문외한의 엉뚱한 상상력이 낳은 산물이라고 할 수 있는 이야기를 여담 삼아 흘렸는데, 유 박사의 답은 간단하게 "불가능하다"였다. 불가능하다는 것을 반은 예상했지만, 그 이유는 조금 충격적이었다. "디지털의 논리회로에는 미묘한 '마음'의 변화가 담길 수 없기 때문이다"라는 이유는 필자의 예상을 완전히 벗어난 것이었기 때문에.

이어서 디지털 문명의 강력한 특징인 가상공간이 등장함으로써 혹 인류의 새로운 정신적 지평이 열릴 수도 있지 않겠느냐는 질문에 대해서도, 한마디로 "그럴 수 없다고 생각한다"는 단정적인 답이 돌아왔다. 자신의 인격을 도야하고 좋은 세상을 만들어가는 데 매트릭스 같은 비인격적인 존재를 의지할 수는 없다는 것이었다.

어떤 분야에 종사하면 사고방식도 그에 동화될 것이라는 예상과 달리, 유 박사는 마음과 인간관계의 영역은 디지털적 방식으로 어찌 될 수 없다는 확신을 갖고 있었다. 그를 보면서 이렇게 두 영역을 완전히 나눠서 바라보는 것이 디지털적 마인드가 아닐까 하는 의심이 잠깐 스쳤지만, 오히려 이러한 유 박사의 태도 속에 인문학과 과학기술의 관계에 대한 가장 모범적인 답이 들어 있는 것일지도 모른다는 생각으로 바뀌었다.

동양사상과 과학기술이 관념과 현실이라는 두 세계 속에서 상응성을 지닐 수 있음이 중요한 것이 아니다. 그것은 둘을 연결시키는 매개가 될 수는 있을지언정 본질적인 것은 아니리라. 정신없을 만큼 빠르게 발전하는 과학기술을 뒤쫓지도 못하면서 자신의 영역 속에 자신을 가두어 오늘을 살아가는 사람들에게서 스스로 멀어진 동양철학, 나아가 인문학에 대한 반성이 앞서야 할 것이다. 특히 동양철학 분야는 너무 이질적이면서도 또 따라잡을 수 없을 만큼 너무나 빨리 변해가는 과학기술의 영역을 방관자적인 냉소만 보내며 대안 없는 비판에만 머물러 있던 점을 반성해야 할 것이다. 그런 자세를 허무는 데는 아마도 유 박사처럼 서로 다른 영역을 연결시키려고 과감하게 시도하는 시각 자체가 매우 큰 자극이 될 수 있을 것이다.

가상공간이 이미 하나의 현실로 존재한다는 사실을 부정할 수 없다면, 그 의미와 기능 그리고 가치를 포괄적으로 검토하는 것은 이제 인문학 영역에서 발 벗고 나서야 할 일이라는 생각이 든다. 호랑나비 꿈을 통해 초탈의 세계를 엿본 장자와 달리 가상현실의 중독성에 매몰되어 현실을 망각하는 사람들이 이미 대량으로 생겨나고 있지 않은가? 유 박사 같은 사람이 과학기술 분야에 있듯이, 인문학 분야에서도 더 많은 사람들이 폭넓게 과학기술을 이해하고 그것이 올바로 설 수 있는 인문학적 지평을 마련하는 일에 과감히 나서야 할 것이다. '디지털 문명과 인문학은 대립이나 우열 관계가 아니라 조화와 상호보완적 관계'라는 '과학기술의 창으로 본 동양철학' 브리핑의 마무리. 그것이 눈앞의 현실은 아니지만 우리가 지향해야 할 공통의 목표라는 데 공감하지 않을 이유가 없다.

반도체공학

오철우 《한겨레》 기자

세상을 바꾼 반도체공학의 역사에서 1947년은 특별히 더 중요한 해입니다. 그 해에 미국 공학자 윌리엄 쇼클리 등이 게르마늄 반도체에 처음 구현한 트랜지스터로 덩치 큰 진공관을 대체함으로써 반도체칩의 역사를 열었습니다. 그는 1956년에 노벨물리학상을 수상했습니다. 그 뒤 1960년대에 게르마늄 반도체소자를 대체한 실리콘 반도체가 등장하면서 본격적인 실리콘 반도체 시대를 맞이합니다. 그 과정에 잘 알려지지 않은 한국인 물리학자가 중요한 기여를 했습니다.

1960년에 반도체물리학자인 강대원 박사는 미국 벨 연구소에서 실리콘 반도체 메모리에 주로 쓰이는 트랜지스터(MOSFET)의 기본 모형을 개발했습니다. 이 기본 모형을 응용한 반도체소자의 '집적회로'를 잭 킬비 박사 등이 세계 최초로 개발함으로써, 강 박사의 트랜지스터 모형은 현재 집적회로의 핵심 소자로 자리를 잡았습니다. 한국표준과학연구원의 노삼규 박사(양자점기술 국가지정연구실)는 "강 박사는 실리콘에 산화물을 넣어 아주 간단하면서도 뛰어난 트랜지스터 구조를 만들어냈다"라며, "40여 년이 지난 오늘날 한국이 세계 메모리 생산 시장에서 우뚝 선 것을 생각하면, 강 박사가 이런 한국인의 시대를 과연 예감했을까 하는 생각도 든다"라고 말합니다.

반도체는 그 동안 더 작은 공간에 더 많은 트랜지스터를 집어넣는 '집적화', '고집적화', '초집적화'의 길을 걸어왔습니다. '전자 신호가 달리는 도로'인 회로의 선폭을 더 작게 줄임으로써, 전자가 이동하는 거리를 줄이고 트랜지스터의 크기를 줄여 더 많은 정보를 더 빠르게 처리할 수 있었습니다. 1970년대만 해도 몇 마이크로미터(μm, 1마이크로미터는 100만 분의 1미터)이던 선폭은 현재 0.1마이크로미터 이하까지 줄어들고 있습니다. 반도체소자가 계속 작아지면 미시세계에서는 어떤 현상이 벌어질까요? 선폭이 무한정으로 작아질 수는 없을 텐데, 언제까지 선폭을 줄여 더 많은 집적을 계속 달성할 수 있을까요? 여기에는 분명 한계가 있습니다. 그래서 지금 방식의 반도체는 조만간 집적의 한계를 맞을 것이라고 전문가들은 내다보고 있습니다. 공학자들은 대체로 그 한계점을 0.05마이크로미터(즉 50나노미터, 1나노미터는 10억 분의 1미터)를 한계점으로 보고 있습니다.

강태원 교수(동국대 양자기능반도체연구센터 소장)는 "집적의 한계는 집적회로의 선폭이 더 미세해질수록 전자신호를 통제하기가 더 힘들어지기 때문에 생긴다"라고 설명합니다. 강 교수는 또 "선폭이 16나노미터에 이르면 전자가 얇은 벽도 통과하는 양자 현상이 일어나 제어할 수가 없다"라고 말합니다. 중력의 법칙이 작용하고 물질의 위치와 운동량을 측정할 수 있는 거시세계의 고전 역학과 다르게, 나노미터 수준의 미시세계에서는 새로운 개념의 역학, 즉 양자역학이 지배하게 되는 것입니다. '미시세계의 양자 현상'은 현대 반도체공학이 대처해야 할 가장 큰 복병입니다.

양자 현상은 어떻게 나타날까요? "나노세계에선 전자신호를 고전 물리학으로 이해하고 통제하는 게 불가능해집니다. 나노세계의 입자는 어떤 한 곳에 존재하면서 동시에 다른 어떤 곳에서도 발견될 가능성을 지니는 '불확실성'의 존재입니다. 그래서 위치와 운동량을 '확률'로 파악할 수 있을 뿐이고, 입자는 '확률상' 벽을 통과하기도 하죠" 이조원 테라급나노소자개발사업단 단장은 "양자 현상을 이해하고 응용하는 것이 나노소자 연구의 중요 분야가 되고 있다"고 강조합니다.

이런 한계를 뛰어넘어 양자역학 아래 작동하는 새로운 반도체 정보소자들이 한창 연구되고 있습니다. 대량생산 체제를 갖출 수만 있다면, 세상을 제패할 만한 차세대 반도체가 될 것입니다. 이런 차세대 반도체로는, 전자를 하나하나 미세하게 발생시켜 흐르게 하는 단전자 트랜지스터, 전자의 회전운동 방향(스핀)을 정보로 활용하는 스핀트로닉스, 탄소나노튜브를 이용한 트랜지스터, 양자 현상을 정보를 처리하는 데 활용하는 양자컴퓨터 등 여러 방식들이 시도되고 있습니다.

쪼개고 또 쪼개 '처음'을 찾다

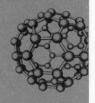

입자물리학자 손동철 대담기

이거룡 동국대 연구교수

손동철

경북대 물리학과 교수 | 경북대 고에너지물리연구소 소장, 국제 입자물리 실험에 다수 참여 | 중성미자–중수소 충돌 실험과 참 쿼크 연구, 양전자–전자 상호작용과 새로운 입자 탐색

이거룡

동국대 인도철학과 연구교수 | 베단타철학, 인도문화, 불교학 등 연구 | 저서 《아름다운 파괴》 《이거룡의 인도사원 순례》 《두려워하면 갇혀버린다》 등

이상하다. 입자물리학자 손동철 경북대 교수의 연구실에 들어섰을 때, 내 머릿속에는 온통 '십의 마이너스 십팔승(10^{-18})'이라는 숫자가 맴돌고 있었다. 나는 숫자를 싫어한다. 두려워한다. 이상한 부호와 수식이 끼어드는 학문을 기피한다. 그런데 물리학자를 만나야 한다. 그것도 나의 능력으로는 도저히 감을 잡을 수 없는, '십의 마이너스 십팔승'이라는 숫자를 아이 이름 부르듯 예사로 거론하는 입자물리학자이다. 이럴 때는 돌아서기에 너무 멀리 와버렸다는 생각으로 배수의 진을 치는 수밖에 없다.

눈앞의 여백에 숨겨진 부재의 흔적을 좇는 철학자의 습성 탓일까? 미시물리학자의 연구실에 앉아서도 나는 부지런히 '십의 마이너스 십팔승'의 흔적을 찾고 있었다. 그러나 연구실 어디를 둘러보아도 '미시' 냄새를 풍기는 곳은 없다. 하긴 그렇다. 십억 분의 일 미터가 어디 우리 눈에 보이는 세계인가?

차가 나왔다. 서로 다른 대상과 만날 때 서로 이해하는 지평을 맞추자는 매개물이다. 한 공간에 이질적인 요소들이 놓이는 데 따르는 반작용을 줄이자는 노력이다. '찻잔 따로, 마시는 사람 따로'이지만, 한 공간에서 함께 마시면 쉽게 하나가 된다.

우주를 구성하는 가장 작은 것을 찾는 입자물리학

손 교수의 연구실에서 차를 마시며 잠시 세상 얘기를 한 뒤 곧장 실험실로 안내되었다. 소박하다. 그 흔한 테크노 컬러는 아예 찾아보기 어렵고, 여기저기 전선들이 어지러이 흩어져 있는 품이 흡사 시골 읍내에 있는 라디오 수리점 같다. 책상 위에는 거친 쇠 토막 몇 개를 테이프로 감아 만든 투박한 장치가 놓여 있다. 뭐냐고 물었더니, 놀랍게도 입자를 붙잡는 장치란다. 과연 저 투박한 장치로 수억 광년을 여행하여 지구에 도달한, 그 작디작은 입자를 잡는다니 다만 놀라울 따름이다.

소박한 실험실의 이미지와 달리, 입자물리학은 변화무쌍하고 복잡한 세계를 가장 잘게 쪼개어 연구하는 분야이다. 물질을 구성하는 가장 작은 알갱이들의 정체를 밝힘으로써, 우주의 기원을 규명하는 학문이 곧 입자물리학이다. 물론 "우주를 구성하는 가장 작은 알갱이는 무엇인가?" 하는 질문은 인류 역사를 관통하는, 그야말로 '오래된 미래'의 질문이다. 이미 기원전 천 년경 고대인들의 종교문헌 속에도 '가장 작은 것보다 더 작은 알갱이'에 대한 물음이 등장한다. 여기에는 가장 작은 것보다 더 작아야 모든 것 속에 스며들 수 있다는 생각도 보인다.

인도철학자 이거룡(왼쪽) 교수가 입자물리학자 손동철 교수의 실험실이 시골 읍내 라디오 수리점 같다고 하자 두 사람 모두 웃었다. 이곳에서 세계를 이루는 물질의 근원에 관한 이야기를 나누었다.

근원을 쪼개고 또 쪼갠다

인간의 지적 탐구가 여러 갈래의 학문 분야로 갈라지기 전까지만 해도, 우주의 기원에 대한 물음은 주로 철학자들의 상상력과 직관이 필요한 영역에서 이루어졌다. 중세 서양의 경우에는 신이 '무(無)'로부터, 아무것도 없는 상태에서 이 세상을 창조했다는 우주관이 지배했다. 이에 비하여 인도를 비롯한 동양의 사유에는 오히려 '유(有)'로부터 세계가 전개된다는 경향이 현저했다.

고대 인도인들은 '브라흐만(우주의 궁극적 원인)의 세계 전개'를 마치 거미가 제 몸에서 실을 내어 집을 짓는 것과 같다고 생각했다. '무'로부터 창조되는 세계는 '태초'를 전제로 하지만, '유'로부터 전개되는 세계는 다만 '한 처음'을 상정할 뿐이다. 태초를 전제로 한 세계관은 역사의 흐름을 직선적인 것으로 보는 반면에, 한 처음을 상정하는 세계관은 역사를 순환하는 것으로 본다.

근대에 들어 우주의 기원에 대한 물음이 자연과학자들의 몫이 되었으며, 입자를 더욱 작은 입자로 쪼개는 실험은 우주의 기원을 추적하는 핵심이 되었다. 손 교수의 설명을 듣자면, 입자를 쪼개는 데 사용되는 고에너지 입자가속기는 현대 입자물리학의 전부라 해도 과언이 아니다. 이 장치가 만들어진 결과, 분자가 원자로 쪼개졌고, 원자는 다시 원자핵과 전자로 쪼개졌으며, 원자핵은 다시 양성자와 중성자로 쪼개졌다. 양성자와 중성자는 다시 쿼크라는 알갱이로 쪼개졌다. 쿼크는 지금까지 인류에게 알려진 '가장 작은 것보다 더 작은 알갱이'로 자리매김하고 있다.

따지고 보면, 연구하는 대상을 쪼개고 또 쪼갠다는 점에서 입자물리학의 실험 과정은 철학적으로 사유하는 과정과 별반 다르지 않다. 입자물리학자가 고에너지 입자가속기를 이용하여 입자를 쪼개고 또 쪼개는 것처럼, 철학자는 자신의 이론을 구성하는 개념들을 쪼개고 또 쪼갠다.

쪼개는 목적이나 동기도 비슷하다. 가장 작은 입자라고 믿어오던 입자가 그보다 더 작은 입자로 쪼개질 때, 물리학자는 물질의 근원에 한 걸음 더 다가선다고 생각한다. 마찬가지로 하나의 개념이 더 세밀한 개념으로 쪼개질 때, 철학자는 우주의 궁극적 실재에 한 걸음 더 가까워진다고 생각한다. 물론 착각일 수도 있다. 개념이 쪼개질 때마다 사실은 점점 더 개념의 장막에 갇히는지도 모른다는 것이다. "이 문 안에서는 알음알이를 일으키지 말라." 절집의 일주문에 적힌 말이다.

1995년에 탑 쿼크를 발견함으로써 여섯 가지 쿼크가 모두 밝혀졌으며, 이를 토대로 이른바 표준모델이 완성되었다. 멘델레예프(D. I. Mendeleev)가 원자의 주기율표를 만든 지 126년 만에 두 단계나 작은 기본 입자들의 주기율표가 완성된 것이다.

그러나 우주의 기원에 대한 신비는 여전하다. 표준모델 속의 기본 입자들이 어떻게 질량을 지니는가를 알기 위해서는 '힉스입자'라는 또 다른 입자가 발견되기를 기다려야 하기 때문이다. 입자물리학자들의 예견이 빗나가지 않는다면, 힉스입자의 정체가 밝혀지는 것은 시간 문제다. 그러면 우주 생성의 근원이 새롭게 밝혀질 것이다. 물리학 분야의 게놈 프로젝트가 완성되는 것이다.

그러나 아직은 아니다. 힉스입자는 단지 이론적으로만 존재하는, 그 야말로 추상적인 입자일 뿐이다. 사실 손 교수를 만나기 전부터 나는 '예습'을 통하여 힉스입자에 어떤 혐의를 두고 있었다. 힉스입자는 태초의 환경을 재연할 때 비로소 정체를 드러내는 '신의 입자'다. "힉스입자를 신의 입자라고 부르는 것은 혹 신만이 입자들의 질량을 결정한다는 의미는 아닌지요?"

"과학자는 자신의 연구에 어떤 편견이 끼어드는 것을 가장 경계합니다." 순전히 상상력과 느낌에 근거한 나의 질문에 대한 손 교수의 대답이다. 과학자는 실험과 검증을 통해서만 세상의 진실을 믿는다는 말일 것이다.

쿼크보다 작은 것은 없을까

힉스입자는 여러 면에서 인도 사상의 '마야' 개념을 연상하게 한다. 브라흐만은 마야를 통하여 질량을 지니는 시공간의 세계로 그 자체를 드러낸다. 말하자면 마야는 세계의 궁극적 원인인 질량을 얻는 매커니즘인

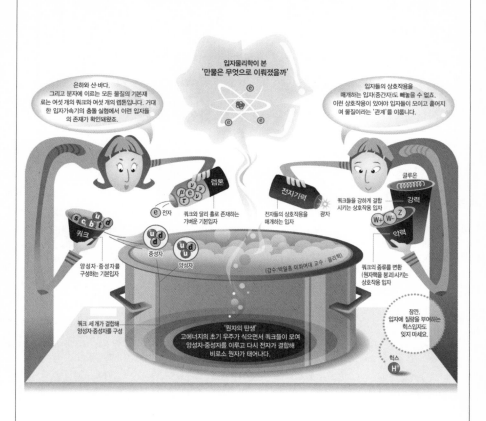

입자물리학이 본 '만물은 무엇으로 이뤄졌을까'

셈이다. 마야는 존재, 비존재, 또는 존재인 동시에 비존재라고도 할 수 없는, '말로 표현할 수 없는' 어떤 것이며, '참된 것을 가리는 동시에 헛것을 투사하는' 본질을 지닌다. 세계의 궁극적 원인은 언제 어떻게 마야를 통하여 질량을 지니게 되었는가? 이에 대해서 다만 '시작 없음'이라고 답할 뿐, 더는 묻거나 답하지 않는다. '멈추어 설 줄 아는 자의 지혜'를 보여야 한다는 것이다. 감히 알음알이로 잴 수 있는 영역이 아니라는 말이기도 하다.

머잖아 입자물리학자들이 힉스입자의 정체를 규명할 것이다. 누가 아는가? 힉스입자가 발견되어 마야의 정체가 한 꺼풀 더 벗겨질지, 또는 힉스입자 또한 '시작 없음'의 무한소급으로 통하는 틈새에 지나지 않을지, 누가 아는가? 지금까지 '가장 작은 알갱이'들의 운명이 그랬듯이 쿼크 또한 그보다 더 작은 알갱이로 부서질지, 이 또한 누가 아는가?

입자물리학

오철우 《한겨레》 기자

'입자, 가속, 충돌…….' 우주 만물의 기본이 되는 입자와 힘을 탐색하는 입자물리학자들이 즐겨 쓰는 말들입니다. 전자나 양성자처럼 전하를 띤 '입자'에 강력한 자기장을 걸어 빛의 속도에 가깝게 '가속'하면, 입자는 매우 큰 운동에너지를 지니게 됩니다. 그런 뒤에 입자들을 '충돌'시켜서 이때 새로 생성되어 튕겨 나오는 에너지와 입자를 정밀하게 검출하는 것이, 이 분야를 연구하는 고유한 방법으로 자리 잡아 왔습니다.

왜 매우 큰 운동에너지, 즉 고에너지를 갖게 만들어 입자를 충돌시킬까요? 먼 옛날 원시 우주의 고에너지 상태에서만 존재하던 더 작은 입자와 힘들은 우주가 팽창하고 식으면서 서로 뭉치고 사라졌지만, 인위적으로 고에너지를 구현하는 입자가속기에서는 그 당시와 비슷한 상황이 찰나나마 연출되기 때문입니다. 가속기의 에너지가 높을수록 더 먼 초기 우주의 상태를 구현하는 데 이용될 수 있고, 그래서 입자물리학은 더 높은 에너지를 낼 수 있는 더 큰 규모의 가속장치가 필요했습니다. 김선기 서울대 교수(물리학)는 "가속되어 충돌하는 입자의 에너지가 높을수록 초기 우주의 고에너지 상태를 비슷하게 재현하는 셈"이라고 말합니다. "이런 점에서 입자가속기는 '초기 우주의 축소판'으로도 여겨진다"는 것이지요.

그래서 입자물리학자들이 실험하고 추론하는 방식은 이렇습니다. "입자가속기로 입자들을 충돌시키는 실험에서 어떤 새로운 입자가 어느 찰나에 발견된다면, 그것은 우주 대폭발(빅뱅) 직후 초고온·고밀도의 초기 우주 상태에서도 존재했을 것이라고 충분히 믿을 수 있다"고.

물론 고에너지 입자가 현대 '빅 사이언스 프로젝트'의 작품인 입자가속기에서만 만들어지는 건 아닙니다. 초신성(슈퍼노바)이 폭발할 때 또는 강력한 에너지를 지닌 블랙홀에서도 튕겨 나옵니다. 그렇게 우연하게 지구로 날아드는 입자들은 지상에서 만들어진 그 어느 가속 입자보다도 훨씬 더 높은 에너지를 지니고 있습니다. 그래서 초신성과 블랙홀은 '우주의 가속기'라는 별명으로 불리기도 합니다. 하지만 우주에서 날아오는 입자는 그 수가 워낙 적어 아주 작은 단면적을 지닌 지상의 검출기에서 검출될 확률이 그리 높지 않기에, 과학자들이 별도의 고에너지 가속기를 만들어온 것입니다.

입자가속기는 제2차 세계대전 이후 냉전 시대에 급속히 발전했습니다. 특히 1970년대에 미국과 소련이 입자가속기를 대형화하는 경쟁을 벌이면서, 입자물리학은 큰 발전을 이루었습니다. 박일흥 이화여대 교수(물리학)는 "물질의 근원에 관한 혁신적 사고를 가져다준 쿼크와 렙톤이 실험으로 증명된 것이 대부분 1970년대였다"고 말합니다. 세상 만물의 근본에 대한 인류의 인식에 거대한 변화를 이끌어온 입자물리학은, 이처럼 미국과 소련 사이에 과학 경쟁을 촉발시킨 냉전의 산물이라는 아이러니를 함께 지니고 있습니다.

현대 입자물리학은 여전히 다 풀지 못한 수수께끼를 안고 있습니다. 인류가 품은 원초적 궁금증을 풀어주며 인간 지식의 새로운 지평을 개척하면서 걸어온 공로는 혁혁하지만, 갈 길은 여전히 멀어 보입니다. 박일흥 교수는 "입자에 질량을 부여하는 '힉스입자'와, 우주 만물의 네 가지 힘 가운데 중력을 뺀 나머지(강력·약력·전자기력)를 통합하는 통일이론을 증명하는 '초대칭입자'를 찾는 일 등이 앞으로 최대의 과제가 될 것"이라고 내다봤습니다.

2005년 미국 페르미 국립가속기연구소와 유럽입자물리학연구소(CERN), 독일 전자싱크로트론가속기연구소(DESY)에 있는 1테라전자볼트(TeV)급의 입자가속기는 세계 최고 수준으로 손꼽히고 있습니다. 또 이보다 일곱 배 이상 에너지를 높여 물질의 기본 입자를 찾으려는 지상 최대의 대형강입자가속기(LHC)가 유럽입자물리학연구소의 주도로 세계 과학자들이 참여하여 건설되고 있습니다. 또 우주공간에 날아다니는 반물질과 암흑물질의 존재를 탐색하는 우주입자 검출 실험을 우주공간인 국제우주정거장(ISS)에서 최초로 벌이려는 계획도 다국적 연구팀에 의해 추진되고 있습니다. 우리나라에서도 고려대, 경북대, 서울대 등 10여 개 대학의 교수들과 학생들이 이 연구에 참여하고 있습니다. 그 활약상이 기대됩니다.

스위스 제네바 부근 조용한 마을의 지하 100~150미터에다 총 길이 27킬로미터 규모로 건설하는 도넛 모양의 원형강입자가속기는, 원형 관 주변에 길이 15미터짜리 초전도 자석 1232개를 설치한 뒤에 양쪽에서 반대 방향으로 쏜 양성자를 빛의 99.99999퍼센트 속도로 가속시키다가 일정한 지점에서 만나게 하여 충돌시키는 장치입니다. 이 프로젝트에 참여중인 박성근 고려대 교수(한국검출기연구소 소장)는 "입자가 충돌할 때 14테라전자볼트 규모의 고에너지가 발생하는데, 이는 우주 탄생 초기의 고에너지 상태에 근접하는 수준일 것"이라며, "물질에 질량을 부여하는 '힉스입자'의 존재를 이론으로 검증하는 게 아니라 실제로 검출하는 것이 이 가속기의 주된 목표"라고 말합니다. 또 국제우주정거장에서 벌어질 반물질과 암흑물질 검출 실험에 참여중인 손동철 교수는 "이미 실험실에서 반물질을 실제로 만들어낸 사례도 있어 반물질의 존재는 확실하다"라며, "우주의 자연 상태에서 반물질이 얼마나 존재하는지를 밝혀 우주와 물질의 진화를 이해하는 데 도움을 얻게 될 것"이라고 기대하고 있습니다.

현대 과학이
다시 쓴
창조신화

천문학자 박창범 대담기

정재서 이화여대 교수

박창범

고등과학원 물리학부 교수 │ 우주 거대 구조와 우주론 연구, 국제우주탐사 '슬론 디지털 스카이 서베이(SDSS)'의 한국 그룹 책임자 │ 저서 《인간과 우주》 《하늘에 새긴 우리 역사》 등

정재서

이화여대 중문학과 교수 │ 신화 연구 │ 저서 《동양적인 것의 슬픔》 《정재서 교수의 이야기 동양 신화》 등

깊은 산속의 천문대에서 세상의 시비와 담을 쌓고 별을 보는 일에만 전념하는 천문학자. 그리스 시대이던가? 별만 보며 걸어가다가 웅덩이에 빠지자 바로 눈앞의 일도 모르면서 하늘의 일을 논한다고 비웃음을 당했다는 어느 철학자. 우주의 원리를 탐구하는 박창범 교수를 만나러 서울 홍릉 고등과학원(KIAS)으로 가는 차 속에서 문득 이 두 인물의 이미지가 겹쳐 떠오른다. 신화학자도 천문학자와 비슷하지 않을까? 현실과 까마득하게 동떨어진 일을 연구대상으로 삼고 있다는 점에서 그러하고, 그런 이유에서인지 좀 별난 사람으로 인식되고 있다는 점에서도 그렇다.

박 교수와는 사실 구면이다. 몇 년 전 문화콘텐츠 프로젝트와 관련하여 두어 차례 만난 적이 있다. 한국의 신화, 역사, 과학사 분야의 이미지 자료를 정리하는 작업이었는데, 이를 보면 박 교수가 관심 갖는 분야가 상당히 넓음을 알 수 있다. 나중에 얘기하겠지만 박 교수는 고대 한국의 문화에 대해서도 일가견이 있다.

반갑게 맞이하는 박 교수를 따라 연구실로 들어섰다. 칠판에는 막 계산을 끝낸 듯 어려운 방정식과 숫자 들이 어지럽게 쓰여 있다. 실험실로 안내해달라고 부탁했더니, 우주론은 수학적 해석이 중요한 작업이기 때문에 복잡한 실험장비보다 성능 좋은 컴퓨터가 필수적이라고 한다. 그리고 추론을 위해 사색하는 작업 역시 중요하다고 한다.

따라서 우주론은 천문학, 물리학, 화학, 생물학 등의 자연과학과 더

불어 철학, 종교학 등의 인문학적 지식이 요청되는 학문이다. 컴퓨터를 참관하는 일은 그다지 긴요하지 않을 것 같아 그만 두고, 우주론에 관한 고담준론(高談峻論)을 시작하기로 했다. 우주론에서 추론이 중요하다면 고담준론도 빼놓을 수 없는 방법일 듯싶었다.

우주론은 과학자들이 쓰는 창조신화

먼저 현대 과학에서 우주론이란 무엇인가? 간단히 말해서 우주의 생성과 진화를 설명하는 시나리오인데, 그 내용으로는 시공간과 물질의 생성에 관한 '우주기원론(Cosmogenesis)'이 있고, 천체 생성에 관한 '우주구조기원론(Cosmogony)'이 있으며, 현재 우주의 진행 상태와 미래 우주의 운명에 대한 추정 등이 있다. 정의를 듣고 보니 어디서 많이 듣던 얘기였다. 다름 아닌 신화 중의 신화로 일컬어지는 창조신화, 그 중에서도 우주 창조신화의 내용과 흡사했다.

창조신화에는 우주의 창조에 관한 '코스모고니(Cosmogony)', 신들의 창조에 관한 '테오고니(Theogony)', 인간의 창조에 관한 '앤스로고니(Anthrogony)'라는 세 가지 내용이 있는데, 이 중 코스모고니가 바로 우주론의 내용과 일치하는 것이다. 원시 인류는 하늘, 땅 등 자신을 둘러싼 세계와 인간, 사물 등이 어떻게 해서 생겨났는지에 대해 알고 싶어했다.

칠판에 어지러운 방정식들이 적혀 있는 고등과학원 토론실에서 박창범 교수(왼쪽)가 정재서 교수와 함께
천문학 연구에는 물리적 통찰과 더불어 수학적 해석이 중요한 작업임을 이야기하고 있다.

지금은 자연과학이 그 지식을 대신하고 있지만 인간의 세계 생성에 대한 호기심과 의문은 자신의 존재와 위치를 확인하기 위한 근원적인 물음이라 할 수 있다. 원시 인류는 그들만이 지닌 독특한 감성으로 이해한 세계 생성의 과정을 이야기로 풀어냈다. 그것이 바로 오늘날의 우주론에 해당하는 창조신화인 것이다. 그렇다면 원시 인류가 그랬듯이 지금 현대의 과학자들도 여전히 '창조신화'라는 시나리오를 쓰고 있는 셈이다. 물론 고도의 수학적 해석과 물리적 추론을 동원한 것이긴 하지만.

현대 우주론에서는 우주의 기원을 어떻게 설명하고 있는가? 우주가 137억 년 전에 무(無) 혹은 혼돈 상태에서 출발했다고 보는 것이 정설이다. 이 가설은 세계 각 민족의 신화에서 묘사한 태초 우주의 모습과 일치한다. 가령 성경에서는 혼돈과 어둠의 상황으로, 중국 신화에서는 흰자와 노른자가 뒤섞여 있는 달걀 속과 같은 상태라고 표현한다. 아울러 노자의 《도덕경(道德經)》에서는 혼돈 상태, 즉 무에서 천지 만물이 존재하는 상태인 유(有)가 비롯되었다고 말한다.

그렇다면 혼돈 상태의 우주는 다시 어떠한 진화 원리를 따라 변해가는가? 우주론자들은 그것을 '빅뱅(big bang, 대폭발) 우주론'과 '정상(steady-state) 우주론' 등으로 설명한다. 현재 통설처럼 되어 있는 빅뱅 우주론은 우주의 모든 물질이 먼 과거에 밀도가 매우 높아진 상태에서 터져 나왔을 것이라는 생각이고, 정상 우주론은 우주가 처음도 끝도 없이 영원히 같은 꼴을 지니고 있다는 생각이다. 또 양자를 절충한 듯한

'혼돈 급팽창 가설(chaotic inflationary hypothesis)'도 있다. 흥미로운 점은, 마지막 가설에 의하면 우주는 단일한 것이 아니라 동시에 여러 우주가 진행하고 있는 다중적인 구조를 갖고 있다는 것이다. 이 가설을 적용하면 우리의 인생은 시공간 개념이 다른 여러 우주에서 여러 개의 다른 삶을 살 수 있다.

예컨대 "신선놀음에 도끼 자루 썩는 줄 모른다"라는 속담의 근원설화를 살펴보자. 어떤 나무꾼이 산속에서 웬 노인 둘이 바둑 두는 것을 구경하고 돌아와 보니 도끼 자루가 썩어 있더라는, 이 이야기는 설화학에서 '립 밴 윙클(Rip Van Winkle)형 민담'이라고 부르는데 비슷한 이야기가 전 세계에 분포되어 있다. 이 설화에는 바둑 두는 노인들(이들은 신선이다)이 사는 세계와 나무꾼이 사는 세계는 시간의 흐름이 다르다. 즉 선계(仙界)와 속세의 시간이 다른 것이다. 물론 공간도 같지 않을 것이다. 흔히 선계는 기화요초(奇花瑤草)가 피어 있고 신령스러운 동물들이 뛰노는 공간으로 묘사된다. 나무꾼은 우연히 시공간이 다르게 진행되고 있는 차원에 뛰어들었다가 빠져나온 것이다. 이처럼 시간여행을 다룬 전 세계적인 설화가 다중적 우주론의 예증이 될 법도 하다.

한국적 우주를 연구하다

고대의 천문학이자 우주론이라 할 점성술에 대해서도 박 교수에게 질문하였다. 별자리의 기운과 인간의 운명을 동일시하는 점성술의 입장에 대해 그는 별자리가 인간에게 미치는 영향력이 과장되긴 했지만, 별과 인간의 유감적(類感的) 관계를 다룬다는 측면에서는 그러한 사유에 근거가 있다고 답변한다.

즉 지구는 아득한 옛날에 초신성(超新星)이 폭발했을 때 나온 원소들의 잔해로 이루어졌다고 한다. 이렇게 보면 지구의 산물인 우리의 몸 역시 별들의 잔해로 이루어진 셈이다. 이런 얘기를 들으니 문득 유년 시절에 밤하늘의 별을 우러러 보노라면 벅찬 느낌으로 가슴이 뛰던 일이 생각났다. 왜 가슴이 뛰었을까? 막연한 신비감 때문이었을까? 아니, 별과 우리 몸에 무언가 서로 끌리는 공통적인 요소가 있어서였을까?

동양의 도교(道敎)에는 서양의 점성술과 비슷한 성수설(星宿說)이라는 숙명론적 관념이 있다. 사람은 태어난 순간에 속한 별자리로부터 원초적 기운, 즉 원기(元氣)를 부여받는데 그 별자리의 속성이 어떤가에 따라서 그 사람의 재능, 인생, 운명 등이 결정된다는 것이다. 명장 강감찬(姜邯贊) 장군의 탄생 전설이 이 성수설에 의거한다. 별이 떨어지면서 장군이 태어났고(그 자리가 서울대 길목의 낙성대이다), 나중에 중국의 사신이 고려에 와서 장군을 보고 '문곡성(文曲星)'이라는 별의 화신이라고 경배를 드렸

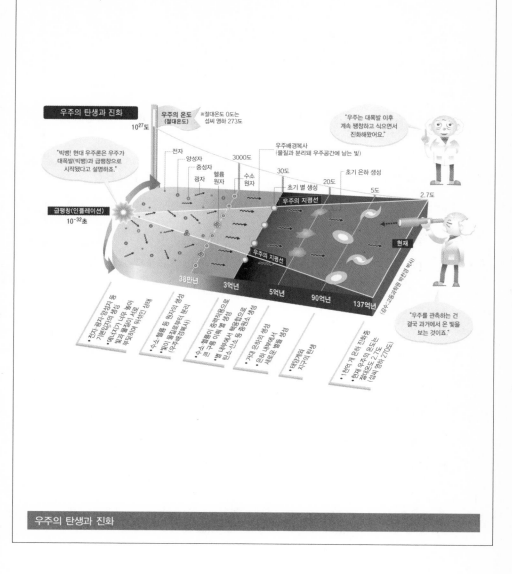

다는 얘기이니 말이다.

그러나 강감찬 설화는 작은 예에 지나지 않는다. 오늘날까지도 사람들이 자신의 운명과 관련하여 호기심을 어쩌지 못하는 사주(四柱)야말로 완전히 성수설에 기초하고 있기 때문이다. 솔직히 미신이라고 하면서도 어느 누구든 사주에 관심을 가져본 적이 있을 것이다. 우리 인간은 아무리 과학이 발달해도 정신세계는 이성적, 논리적인 것과 아울러 감성적, 주술적인 것이 공존하는 다중적 체계를 이루고 있다는 인류학자 탐비아(J. Tambiah)의 말은 옳다. "비슷한 것이 비슷한 것을 낳는다"라는 유감적 사고에 근거한 주술적 인식은 우리가 모든 감성을 상실하고 기계로 전락하지 않는 한 없어지지 않는다. 그것은 우리 몸에 내재한 속성같은 것인데, 아마도 이미 말했듯이 우리 몸과 초신성의 발생론적 관계에서 비롯하는지도 모른다.

강감찬 장군과 사주 얘기가 나왔으니 말이지만, 박 교수는 서양의 첨단 우주론에만 몰두하는 것이 아니었다. 그는 고대 한국의 천문학에 대해서도 두툼한 책을 한 권 썼다. 《하늘에 새긴 우리 역사》라는 책에서 그는 정통 사학자들이 위서(僞書)라고 폄하하는 재야의 사서 《단기고사(檀奇古史)》에 기록된 '고조선 시대의 오행성(五行星) 결집 현상'을 과학적으로 입증하기도 하고, 고인돌 위에 새겨진 북두칠성 등의 별자리를 찾아냄으로써 우리 민족이 천문을 관측해온 수준과 역사가 만만치 않음을 보여주었다. 이 밖에도 그는 저서의 곳곳에서 동양의 신화, 종교, 철학 등의 분야에 대한 해박한 지식을 발휘한다.

어리석은 질문인지 모르겠으나, 다시 그에게 묻는다. 이러한 관심은 우주론을 탐구하기 위함인가, 아니면 학문적 외도인가? 그의 대답은 분명했다. "우주는 누구에게나 같은 연구대상이죠. 대상이 동일하다면 관점은 달라야 하겠죠. 그렇다면 나에게 관점은 한국적이어야 합니다." 객관주의를 신봉하는 과학자로부터 '한국적'이라는 말을 들으니, 그가 엄청 가까운 사람처럼 느껴졌다.

우주론의 가설이 신화적 진리와 만나다

현대 우주론이 지닌 한계는 우주라는 연구대상이 완전히 객관적으로 관찰하고 실험할 수 있는 대상이 아니라는 점에 있다. 연구주체인 인간이 생래적으로 연구대상인 우주에 포함되어 있기 때문에 우주를 완전히 객관화하기 어렵다. 이 지점에서 신화는 결정적으로 우주론과 길을 달리한다. 신화 창조자들, 즉 고대 인문학의 고수들은 우주 속에 있으면서 우주를 관조할 수 있었다. 그들은 우주를 객관화함으로써가 아니라 우주와 하나가 됨으로써 우주의 본질을 자신의 몸을 통해 느껴낸 것이다. 우주론은 신화와 벌어져 있는 이 간극을 극복할 수 있을 것인가? 우주론에서 이뤄지는 물리학적 통찰이 감성의 철학을 동반한다면 조금 더 우주의 본질에 근접할 수 있지 않을까? 예컨대 현대 우주론은 고대 인문학 고수들의 명상법으로부터 배워올 점이 있을지도 모른다. 만약 그렇게만 될 수 있다면 우주론은 과학과 인문학 양측에 대해 새로운 길을 열어줄 수도 있을 것이다.

신화학자로서 현대의 첨단 우주론자를 만나는 일, 그것은 극단과 극단의 만남일 수도 있겠다. 왜냐하면 과학의 입장에서 보면 신화는 이미 폐기된, 원시 인류의 자연에 대한 지식이거나 실증을 결여한 공상의 산물이기 때문이다. 그러나 오늘날 신화는 다시 귀환하고 있다. 상실된 자연과의 일체감을 회복하기 위해, 잊혀진 인류의 원형을 환기하기 위해, 현대의 우리는 신화를 강력히 소환하고 있는 것이다. 마치 이에 호응이라도 하듯, 과학은 신화와의 만남을 모색하고 있다. 정교한 수학적 계산과 치밀한 물리적 통찰에 의해 추출된 우주론의 가설들이 직관과 상상력, 그리고 감수성에 의해 터득된 신화적 진리와 만나고 있는 것이 그것이다. 이러한 의미에서 우리는 우주론을 현대 과학에 의해 다시 쓰이고 있는 창조신화라고 불러도 좋을 것이다.

이 시점에서 고왕금래(古往今來), 과학과 인문학을 가로지르며 깨달음의 폭을 확대해가는 박 교수의 학문적 여정은 가능성 그 자체로 보인다. 박 교수가 추구하고 있는 우주론이 과학과 인문학의 조화로운 만남을 가장 모범적으로 보여주는 선례가 되기를 희망하며 아쉽지만 고담준론의 끝자락을 놓았다.

우주론

오철우 《한겨레》 기자

우주의 시간과 공간에도 시작과 끝이 있을까, 우주 전체는 어떤 모양일까, 우주는 어떻게 진화할까……. 별이 총총한 밤하늘을 가만히 바라보면 도무지 사람의 머리로는 알쏭달쏭하여 답을 알 수 없을 원초적 호기심들이 꼬리에 꼬리를 물고 일어납니다. 이런 물음에 대해 지식의 체계를 세워 답하려는 게 바로 우주론이죠. 그 우주론은 시대마다 달랐습니다.

근대 이전의 우주론에서 우주는 신이 지배했습니다. 신의 창조와 섭리로써 우주의 운행을 설명하는 신학적 우주론이 절대지식으로 받아들여졌지요. 당시에 상상한 우주의 규모는 태양계, 아니면 은하 정도 규모였습니다. 우주의 나이는 요즘 과학이 밝힌 137억 년과는 너무도 크게 달랐습니다. 현재 45억 년으로 밝혀진 지구의 나이는 어떤가요? 1654년에 아일랜드 어셔 주교는 성경을 토대로 계산해보니 아담이 기원전 4004년경에 태어났다고 주장했습니다. 그렇다면 지구의 역사는 45억 년이 아니라 고작 7000년쯤 되는 것이죠. 근대 과학혁명의 주역인 뉴턴조차도 우주를 신의 섭리가 지배하는 절대공간으로 설명하려 했습니다.

이런 신학적 우주론과 결별하고 새로 등장한 현대의 과학적 우주론이 뼈대를 갖춘 것은 20세기 초반 이후입니다. 그러고 보니 우리가 지금 이야기하는 현대 우주론은 고작 100년도 안 되는 세월 동안에 구축된 것이군요. 20세기 초반에 등장한 진화적 대폭발(빅뱅) 우주모형이 사실상 과학적 우주론의 출발이었습니다. 흔히 빅뱅 우주론을 일러, 신학적 또는 철학적 우주론에서 벗어나 과학적 또는 물리적 우주론이 등장한 것으로 평가합니다.

당시에 "우주는 팽창하지도 수축하지도 않는다"라는 정적 우주론을 주창한 아인슈타인의 일반 상대성이론을 면밀하게 검토한 끝에, 러시아 수학자 프리드만(A.A. Friedmann, 1886~1925)과 벨기에 신부이자 물리학자 르메트르(G. Lemaitre, 1894~1966)는 각각 1922년과 1927년에 "우주는 극도의 고밀도 상태에서 시작해 점차 팽창하며 밀도가 낮아졌다", "우주는 하나의 원시 원자가 쪼개져 급속히 팽창함으로써 시작됐다"라는 요지의 논문을 발표했습니다. 우주에 이러한 격변의 '역사'가 존재했다는 가설은 당연히 크게 주목받지 못했죠. 그러나 이어 1929년에 미국 천문학자 허블(E. P. Hubble, 1889~1953)이 은하들이 점차 거리를 벌리며 서로 멀어지는 '은하의 후퇴(적색 이동)'를 실측하면서, 우주의 팽창이 과학적 사실로 받아들여지기 시작했습니다.

특히 1940년대에 "우주는 늘 같은 상태로 존재한다"라는 영국 물리학자 중심의 정상 우주론과, "우주는 빅뱅으로 탄생해 진화했다"는 미국 물리학자 중심의 진화 우주론 사이에 격렬한 우주론 논쟁이 벌어지면서, '우주 빅뱅'이라는 말이 대중들에게도 널리 알려지게 됐습니다. 러시아 출신의 미국 핵물리학자 조지 가모프(George Gamow, 1904~1968)가 이 시기에 빅뱅 우주론을 체계화하는 데 크게 공헌했습니다.

논쟁은 1960년대 중반에야 일단락됐습니다. 우주가 빅뱅 이후에 오랜 세월에 걸쳐 진화했다는 이론적 증거인 '우주배경복사'가 우주공간에서 미국 과학자들에 의해 실측됐기 때문이죠. 우주배경복사는 우리 상식으로는 도저히 상상할 수조차 없는 초고온과 초밀도의 태초에 물질과 뒤섞여 존재하던 빛이 지금까지 식다가 남은 흔적입니다. 그 태초의 빛은 우주공간이 팽창함에 따라 식어 오늘날엔 절대온도 2.7도(섭씨 영하 270도 가량)의 차갑고 미약한 전파로 우주공간 전체에 퍼져 있습니다. 우주 전체에 고루 퍼져 우주의 배경을 이루는 빛인 셈이죠.

요약하여 말하면, 현대 우주론이 지난 반세기 동안 밝혀온 바는 이렇습니다. 우주는 137억 년 전에 대폭발과 대팽창을 일으켰으며, 태초엔 빛과 물질이 뒤섞여 나뉘지 않은 상태에 있다가 우주가 식으면서 빛과 물질이 분리되었고, 그 뒤에 분리되어 생성된 전자와 양성자 그리고 중성자가 결합해 비로소 수소·헬륨 등 가벼운 원소들이, 그리고 나중에는 탄소·철 등 무거운 원소들까지 생성됐으며, 우주의 거대 구조에 불균일하게 퍼져 있던 물질들이 중력의 작용으로 붕괴해 수많은 은하들과 별들을 만들었다는 것입니다. 현대 우주론은 과학적 이론과 실측을 통해 이런 우주의 역사와 구조를 입증해왔습니다.

흥미롭게도 현대 과학적 우주론에는 '고고학적' 사고방식이 널리 이용됐습니다. 우주론의 물음은 현재의 단서에서 시작합니다. 밤하늘을 수놓는 은하와 별, 그리고 텅 빈 공간들은 언제나 그곳에 있는 우주 질서처럼 보이지만, 우주론 연구자한테는 심각한 물음을 던져줍니다. "137억 년의 우주 진화의 역사에서 어떤 사건이 일어났기에, 고르게 퍼진 태초의 우주물질이 이리저리 몰려 지금처럼 은하와 별·행성이 생기고 생명체도 출현할 수 있었을까?" 답은 과거를 간직한 현재의 흔적을 통해 추론됩니다. 현재 수소와 헬륨이 거의 대부분을 이루는 우주물질의 독특한 화학적 원소 비율, 그리고 특정한 우주온도(우주배복사), 물질(은하) 분포의 상태를 실측하고, 이를 바탕으로 지금의 모습을 만들어낸 과거의 조건들을 거꾸로 추적하면, 태초 우주의 모습을 복원할 수 있다는 것입니다.

그렇다면 우주론 연구자들은 사건 현장에 남은 현재의 단서를 분석해 사건 당시의 상황을 재구성하는 과학수사관이나, 현재에 발굴된 화석을 분석해 수천 년, 수십만 년 전의 역사를 짜 맞추는 고고학자들의 모습과도 비슷하다고 말할 수 있지 않을까요?

　우주론 연구자들은 현재 국제 규모로 진행되는 우주배경복사와 우주물질 분포의 관측 데이터 작성과 실험이 어느 정도 진척되면, 우주에 대한 지금의 인식이 바뀔 가능성도 있다고 말합니다. 그리하여 우주론은 또다시 새로운 과학지식이 발견됨으로써 새롭게 이해될지도 모릅니다. 이와 관련해 최근 국내에서 고등과학원 박창범 교수와 김주한 박사(물리학부)가 만든 세계 수준의 우주 진화 모의실험(시뮬레이션) 프로그램이 이런 물음에 답을 줄 수 있을 것으로 기대되고 있습니다. 슈퍼컴퓨터의 초고속 연산회로 속에 구현된 이 가상의 우주는, 260억 광년 규모의 가상공간에다 86억 개의 가상입자를 구성해 지난 137억 년 동안 있었던 '중력 진화'를 재현하도록 설정되어 있습니다. 머나먼 과거에 우주에는 어떤 일이 일어나고 있었을까? 이제 이러한 우주의 과거를 좀더 구체적으로 재구성할 수 있게 되었다고 합니다.

'3차원 눈'으로 외계에서 나를 보다

위성사업단 단장 이주진 대담기

김어준 〈딴지일보〉 대표

이주진

한국항공우주연구원 다목적위성사업단 단장(기계공학) | 다목적실용위성 아리랑 2호 개발 총괄 책임 | 위성 복합소재 구조물 설계기술 개발(1992~1994), 다목적위성 조립·시험기술 개발(1994~1999)

김어준

《딴지일보》대표 | 국내 첫 인터넷 매체 《딴지일보》 창간(1998), 정치·사회·문화의 풍자적 비평 | 기독교방송(CBS) 라디오 프로그램 '저공비행' 진행

'나'는 1차원이다. 여기에 '너'가 더해지면 2차원, 이 세계에 나와 너의 의지에 상관없는 '그'가 등장하면 이제 3차원이 된다. 그 입체의 관계망을 인지하며 '그'가 존재하는 제트축 좌표에서 엑스축의 '나'를 대상으로 멀끔히 바라볼 수 있는 능력이 곧 자기객관화 능력이다. 지성은 바로 그 지점에서 출발한다. 우주를 탐사하는 것은, 그런 관점에서 지능이 아니라 지성의 성과다. 인류가 우주 단위에서 자기객관화를 시도하기 시작했다는 걸 의미하니까 말이다.

인류가 우주 생명체 중 하나로 스스로를 대상화할 수 있게 된 건 사실 몇십 년이 채 되지 않는다. 우리가 태양이라 명명한 항성(누가 알랴? 다른 은하의 다른 생명체는 그들 하늘에 뜬 그 별을 뭐라 부를지)의 중력권에 구속돼 운행되는, 스스로 지구라 하는 행성에 살고 있다는 간단한 천문학적 사실조차 실감나지 않는 건 그래서 당연하다.

하물며 태양계를 완전히 벗어나자면 거쳐야 하는 오르트 구름(태양계가 탄생하는 과정에서 생긴 잔해 얼음덩이들)에 도달하는 데만, 인류가 만든 가장 빠른 이동체인 보이저호의 시속 5만 6천 킬로미터 속도로도 1만 년이 걸린다는 수치 앞에서 지구적 규모의 감각들은 전혀 무용지물이다. 단군이 실재하던 때가 반만 년 전이고 예수가 겨우 2천 년 전이다. 하지만 이 광대한 태양계도 소속 은하계에선 수천억 개 항성 중 하나고, 그 중심까진 지구에 공룡이 출현한 이래 현재까지의 시간을 두 번이나 반복해야 하는 4억 4천 년 거리며, 우주엔 그런 규모의 은하계가 다시 1400억 개

정도 존재한다. 1400억 개면 은하계 하나가 콩알만 하다 해도 대충 서울 월드컵경기장을 채울 수치다. 인간이 우주를 지능으로 상대하는 건, 그저 무모하다.

외계인은 있지만 UFO는 없다

대한민국은 이런 우주를 향해 얼마나 나아갔을까. 더 근본적으로, 왜 가야 한다고 생각하고 있는 걸까. 다목적실용위성 '아리랑 2호' 제작의 총책을 맡고 있는 한국항공우주연구원(항우연) 이주진 단장을 만나, 기술이 얼마나 개발됐는지가 아니라 외계인의 존재를 믿느냐는 질문을 먼저 던진 건 그렇게 '왜'부터 따지기 위해서였다. 존재한단다. 하지만 유에프오(UFO)는 믿지 않는단다. 이유는? 그냥 슬쩍 왔다 가고 말기엔 너무 엄청난 낭비일 테니. 하하, 그렇겠다. 외계 생명도 그 정도로 기술이 진보하려면 그만한 조직과 예산과 집행의 구조가 백업됐겠구나. 냉장고 크기만 한 상자 하나를 우주에 띄우기 위해 천억 대의 예산을 따내야 하는 책임자의 어깨 위에 놓인 책임감을 간파하는 실감 나는 관점이다.

그럼 당신은 인생을 왜 하필 우주를 상대하는 데 쓰기로 했냐고 물었다. 자신의 당대엔 결과가 제대로 나오지 않을 상대인데도. 한참을 공학자로서 기술적 전망을 이야기하더니 마지막에 가서야 짧게 '꿈'을 이야

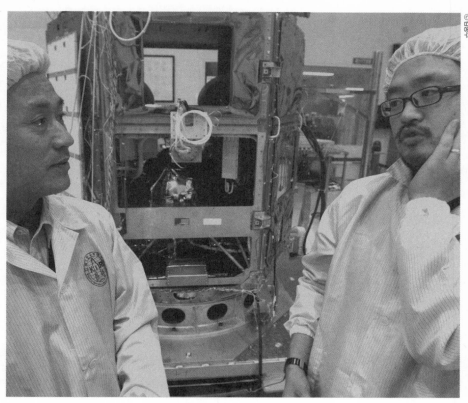

©김중수

김어준 〈딴지일보〉 대표(오른쪽)와 이주진 위성사업단 단장이
2004년 말 한창 개발중인 다목적실용위성 아리랑 2호(2006년 7월 발사 예정) 앞에서
우주 개척 시대에 달라질 인간의 삶에 대해 얘기하고 있다.

기한다. 국민들 세금으로 개발 실무를 총괄하는 단장에게 당장의 실용이 아니라 철학부터 말하라는 게 정치적으로 무리한 요구였나 보다.

문득 그의 사무실이 온통 특수 유리와 특수 합금으로 도배된 금속성 공간이 아니라 대학 교수실 같다는 걸 깨닫는 순간, 갑자기 기술이 궁금해졌다. 달에 인간을 보내는 기술의 정밀도를 비유적으로 설명해달라고 하니, 서울에서 골프를 쳐서 로스앤젤레스에 홀인원 하는 정도의 난이도란다. 와 닿는다. 그럼 대한민국이 지금 정도로 투자하고 기술이 발전하는 속도를 유지할 때, 달에 인간을 보낼 수 있기까지 걸릴 최단 시간은 몇 년이냐고 물었다. 약 20년. 이건 감이 안 온다. 후진 건가? 대한민국의 우주 관련 기술력은 세계 몇 위권이냐? 10위권.

사지선다형 세대가 지닌 궁금증이 추가로 발동. 아시아 순위는? 일본, 중국, 인도, 한국 그리고 타이완 정도. 타이완은 부품 자립도가 10퍼센트 정도라 안 쳐준단다. 우린 80퍼센트 수준에 육박. 아직도 빨갱이로 먹고 사는 정치 속에서 참 장하다 싶다. 그런데 왜 20년이나 더 걸리냐? 비행체 기술, 그러니까 인공위성 본체를 만드는 기술은 수준급이지만 그걸 쏘아 올리는 발사체 기술이 아직이란다. 발사체 기술의 개발이 언밸런스하게 지체되는 건 단순히 경제적 이유인가? 혹여 한반도의 군사·외교적 여건도 영향이 있나? 그건 그렇지만은 않단다. 각국이 국가기밀로 따지는 전략기술이라 그렇단다. 아마도 유럽사의 대항해 시대에 항해 기술을 다른 국가에 넘겨주지 않던 것과 같은 이유겠다.

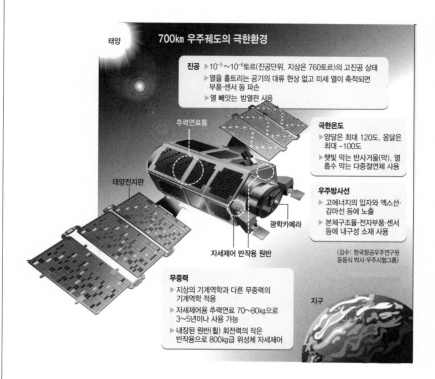

지상 700킬로미터 우주궤도의 극한환경

이 대목에서 2006년 7월에 발사하기 위해 한창 제작중에 있다는 두 번째 다목적실용위성 '아리랑 2호'를 직접 보고 싶었다. 신기한 실험실 몇 군데를 지나 거대한 격납고 같은 창고에 들어가자 그곳 깊숙이 '물건'이 있었다.

가장 먼저 든 생각. 당대 첨단기술의 총화치곤 참 투박하게 생겨먹었다. 만질 수 없는 건 당연하고 그저 1미터 이내로 접근하려고만 하더라도 특수복장에 정전기 방지용 와이어를 연결하는 수선을 떨어야 하는, 이 초첨단의 장비가 실제 작동할 공간은 진공이다 보니, 유선형 따윌 고려할 필요가 없어 딱 어릴 적 보온도시락 모양이다. 이 도시락이 내년이면 우주에서 한반도를 해상도 1미터의 광학 카메라로 찍어댈 터였다. 가격을 물었다. 1600억 원. 갑자기 와락 껴안아보고 싶은 충동을 간신히 참았다. 대한민국의 우주사업, 그렇게 국가적 재난 직전까지 갔었다.

한국 최초 우주인 배출 계획

말하자면 한국의 나사(NASA)인데 어째 디스커버리호 같은 대형 우주선 한 대 눈에 안 띄나 하는 앞뒤 없는 시비를, 사실 항우연 단지에 들어서자마자 걸고 싶었다. 생각보다 옹색하다. 우리네 선조들은 왜 이 좁은 반도에서 탈출하려는 욕구가 그렇게 부족했을까 하던 평소의 부아가 다시

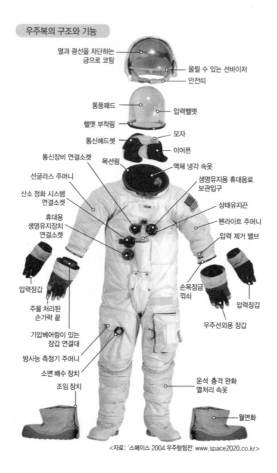

우주복의 구조와 기능

열과 광선을 차단하는
금으로 코팅

올릴 수 있는 선바이저

안전띠

통풍 패드

압력헬멧

헬멧 부착링

통신헤드셋

모자

이어폰

통신장비 연결소켓

목선링

액체 냉각 속옷

선글라스 주머니

생명유지용 휴대음료
보관입구

산소 정화 시스템
연결소켓

상태유지끈

펜라이트 주머니

휴대용
생명유지장치
연결소켓

압력 제거 밸브

압력장갑

손목잠금
꺾쇠

주물 처리된
손가락 끝

압력장갑

기압베어링이 있는
장갑 연결대

우주선외용 장갑

방사능 측정기 주머니

소변 배수 장치

운석 충격 완화
열처리 속옷

조임 장치

월면화

<자료: '스페이스 2004 우주탐험전' www.space2020.co.kr>

우주복의 구조와 기능

은근히 펄떡거렸다. 육지로든 해양으로든 왜 한번쯤 제대로 뻗어나가 보지 못하고, 그 오랜 세월을 이 비좁은 데서 보냈을까. 중국이 너무 무거운 뚜껑이어서 그랬을까. 덕분에 우리 세계관은 중국과 맺은 2차원 관계에 의해 너무 오랫동안 한계지어져 왔다. 우린 3차원의 자기객관화를 경험한 집단기억이 없다.

우린 스스로를 제트축에서 바라본 경험이 없다. 우린 세계 속에서 우리가 누군지 상대적으로 가늠해본 적이 없다. 지금도 미국과 얽힌 관계만으로 나머지 세계를 바라보는 건 결국 바로 이 무경험과 무관하지 않다. 오리엔탈리즘이 싫어 굳이 '인도의 황금'이라는 경제적 동기로만 콜럼버스를 읽더라도, 그 시절 띄운 범선들이 서구인들에게 가져다준 인식 지평의 전 지구적 확대까지 부정할 도린 없다. 그들은 그렇게 몇백 년 먼저 3차원의 세계인이 됐다.

100미터 넘는 크기에 달 기지를 건설하고, 유인 화성 탐사의 교두보가 될 국제우주정거장 프로젝트에 대한민국이 참여하는 방안을 추진하며, 곧 한국인 최초의 우주인을 배출하겠다는 항우연의 계획은 그래서 흥미를 넘어선 흥분이다.

또한 그렇기 때문에 우주기술이 고부가가치를 만들어내는 첨단 기술의 복합체로 신소재, 정보전자 등의 혁신을 주도하며 정보화 시대를 앞당기고 국민 복지를 향상시키는 데 지대한 영향을 끼치기 때문에 개발해야 한다는 당위성만으로 우주를 논하고 마는 건 지엽을 넘어 반역사적이다. 우주는 실용을 넘어 외부에 대한 태도와 철학을 결정하게 하고, 그로 인해 우리의 위치와 정체를 상대적으로 인식하게 할 '진공의 대양'이다. 여기에 우린 이제 겨우 도시락 몇 대 띄웠다.

　귀환한 우주인들은 우주공간에서 실재하는 행성 중 하나로 지구를 내려다보는 경험이 유체를 이탈하여 자신을 내려다보는 영혼의 경험만큼 충격적이라고 말한다. 그 충격을 자의로 먼저 경험하지 못한 자들이 겪는 충격, 우린 이미 백 년째 겪고 있다. 적어도 우주 시대의 자기객관화에는 뒤지지 말자. 대한민국, 이제 우주로 가자.

쉽게
읽는
과학의
발자취

우주 개발

오철우 《한겨레》 기자

1957년 10월 4일, 소련이 인류 최초의 인공위성인 스푸트니크 1호를 발사했습니다. '스푸트니크 쇼크'라는 유명한 말을 만들어냈을 정도로 서방 세계에는 큰 충격이었습니다. 소련에 앞서 인공위성을 발사하려 했다가 실패한 미국이 이에 자극받아 아이젠하워 대통령의 명령에 따라 석 달 뒤인 1958년 1월에 인공위성 익스플로러 1호를 발사하면서, 미국과 소련 사이에 우주 개발 경쟁 시대가 본격화했습니다. 1961년에는 최초의 우주비행사 유리 가가린을 태운 소련의 유인 우주선이 발사됐고, 1969년엔 최초의 달 탐사선 아폴로 11호를 타고 달에 간 미국의 닐 암스트롱이 달 표면을 밟은 최초의 인류가 됐습니다.

1965년에 이르러 프랑스가 인공위성 발사에 성공하면서 미국과 소련의 인공위성 개발 독점 시대가 깨지고, 인공위성 기술은 여러 나라로 점차 확산됐습니다. 장영근 항공대 교수는 "1960년대 초반까지 군사첩보위성은 수명이 며칠 또는 몇 주에 지나지 않았기 때문에, 미국과 소련이 거의 하루에 한 번씩 교대로 위성을 쏘아 올리던 시절도 있었다"라며, "이후에 탑재용 카메라와 태양전지판, 배터리 기술 들이 발전하면서 위성의 수명이 늘어났고, 특히 1970년대부터 통신위성이 상업화하면서 오늘날에는 위성기술이 여러 나라로 급격히 퍼졌다"고 말합니다.

1970년, 80년대 이후에 미국과 소련은 우주정거장과 우주왕복선을 개발하는 경쟁에 나섰습니다. 이렇게 되면서 이제는 우주에서 오랫동안 사람이 안전하게 생존할 수 있게 하는 '유인 우주기술'이 최첨단 분야로 주목받으며 급진전하게 되었습니다. 소련이 1971년에 최초의 우주정거장 살류트를, 미국이 1973년에 스카이래브를 지구 위 우주공간에 건설했습니다. 1986년엔 소련의 2세대 우주정거장 미르가 발사됐습니다. 지금은 우주 개척과 실험의 기지로 이용되고 있는 국제우주정거장이 미국, 러시아, 일본, 유럽, 캐나다 등 여러 나라들이 공동으로 참여한 가운데 완공을 목표로 건설되고 있습니다. 사람이 우주공간에 오르는 유인 우주기술도 점차 여러 나라로 확산될 움직임을 보이고 있습니다. 2003년에 중국이 선서우 5호 발사에 성공해 세계를 놀라게 했는데, 이로써 중국은 벽이 높은 유인 우주기술을 개발하는 주요 국가의 대열에 합류했습니다.

화성과 금성 같은 행성을 탐사하려는 경쟁도 1960년대 이래 계속 이어졌습니다. 1970년에 발사한 소련의 베네라 7호가 금성에 착륙했고, 1975년에 발사한 미국의 바이킹 1, 2호는 화성 표면에 착륙해 생물의 존재를 확인하려는 탐사를 벌였습니다. 수성, 목성, 토성, 천왕성, 해왕성 등을 탐사하기 위해 미국의 파이오니아 10호(1972)와 11호(1973), 보이저 1호(1977)와 2호(1977)가 발사됐고, 1984년부터 1985년 사이에는 다섯 기의 핼리 혜성 탐사기가 소련과 유럽, 일본에서 발사됐습니다. 화성 표면을 누비는 미국 탐사로봇 소저너, 오퍼튜니티 등이 화성의 물과 생명체의 흔적을 탐사하고 보내오는 활동상은 우주를 유영하는 꿈을 꾸는 지구촌 사람들의 눈길을 사로잡는 국제 뉴스가 됐습니다.

우리나라는 현재 인공위성과 발사기술을 개발하는 데 박차를 가하고 있습니다. 1992년에 국내 최초의 인공위성 우리별 1호(과학실험용)를 발사한 우리나라는, 1990년대 중반부터 국가적 사업으로 우주 개발 계획을 본격적으로 추진해왔습니다. 1996년에 마련된 우주 개발 중장기 계획은 "우리가 만든 다목적실용위성 아리랑 2호를 우리가 만든 소형 발사체에 실어 우리 땅인 외나로도 우주발사장에서 쏘아 올린다"라는 목표를 뼈대로 추진되고 있습니다.

우리 정부는 이런 중장기 계획을 일부 수정하는 작업을 추진하고 있습니다. 한국인 최초의 우주인 만들기 사업과 더불어 유인 우주기술의 기초 연구를 시작해야 한다는 목소리도 우주과학계에서 나오고 있습니다. "우주를 개발하는 기술이 위성 위치 확인 시스템(GPS), 기상

예보, 방송·통신, 첨단 무기 등에 응용되어 이미 지구인의 삶 깊숙한 부분까지 들어와 있기 때문에, 국가 차원에서 우주를 개발하는 사업은 갈수록 중요한 국력의 하나가 되고 있다"고 우주 개발 과학자들은 말하고 있습니다.

인간과 기계의 상호작용과 의미 소통

로봇공학자 양현승 대담기

조광제 철학아카데미 공동대표

양현승

한국과학기술원 전자전산학 교수 | 로봇, 인공지능, 가상현실 등 연구 | 국내 최초 인간형 로봇 '아미'(1999)와 '아미엣' (2002) 개발, 이족보행로봇 개발중

조광제

철학아카데미 공동대표 | 몸 현상학, 예술철학, 매체철학, 하이테크놀로지철학 등 연구 | 저서 《주름진 작은 몸들로 된 몸》 《몸의 세계, 세계의 몸》 등

로봇은 인간을 능가할 것인가

2000년 4월, 미국에서 발행되는 잡지 《와이어드(*Wierd*)》에 "왜 우리는 미래에 쓸모없는 존재가 될 것인가"라는 제목이 붙은 글이 발표되었다. 제목만으로도 충분히 충격적이거니와 세계적인 컴퓨터 과학자이자 이와 관련된 기술이 앞으로 어떻게 발전할 것인지에 대한 정확한 예언자로 유명한 빌 조이(Bill Joy)의 글이어서 더욱 충격적이었다. "오늘날의 개인용 컴퓨터보다 백만 배 이상 강력한 성능을 가진 기계를 가지게 될 것이다. 컴퓨터공학에 유전공학과 나노기술이 결합됨으로써 30년 내에 인간 수준의 지능과 자기복제능력을 갖춘 로봇이 등장할 가능성이 높다. 뛰어난 능력을 지닌 그 로봇종(種)과 인간의 대결에서 우리가 살아남지 못할지도 모른다." 빌 조이가 2030년쯤이면 일어날 것으로 예견하는 내용들이다. 현 수준의 인간으로서는 섬뜩한 예견이 아닐 수 없다.

그 뒤 2002년에 매사추세츠 공과대학(MIT) 인공지능연구소 소장인 로드니 브룩스(Rodney A. Brooks)가 《로봇 만들기》(원제는 《살과 기계들(*Flesh and machines*)》)라는 야심 찬 저서를 냈다. 브룩스는 빌 조이의 예견을 뒤엎는 내용을 차분하게 논증적으로 기술했다. 로봇은 결코 인간을 능가할 수 없다는 내용이었다. "인간 두뇌가 분명 기계이고 따라서 우리 인간이 분명 기계이긴 하지만, 이 인간 기계에서 어떻게 고도의 의식과 감정이 발현되는가를 이해할 수 있는 수학적 형식체계를 아직 발견하지 못하고 있다는 것, 이를 발견하지 못하는 한 제아무리 컴퓨터 속도 면에서 양적인 발전을 이룬다 할지라도 인간을 능가하는 로봇을 만들지 못한다는 것, 자기복제가 가능한 로봇종이 만들어지려면 로봇들이 자신들의 두뇌, 즉 그들의 컴퓨터를 복제해야 한다는 것, 그러나 현대적 컴퓨터의 중앙통제용 칩은 10억 달러를 호가하는 제조시설에다 수천 명의 사람들이 관여하는 방식으로 유지되는데 향후 25년간은 여전히 그러리라는 것, 도대체 우리 인간과 같거나 인간을 능가하는 상태라는 것이 어떤 것인지에 대한 정확한 관념조차 갖지 못하고 있는 실정이라는 것, 그리고 인간은 사이보그적인 형태로 가속화해서 진화를 거듭하고 있다는 것" 등을 그 이유로 든다.

상황적으로 구현된 로봇과 인간

브룩스의 이 책은 인문학자, 특히 철학자들이 귀담아 들어야만 하는, 로봇을 둘러싼 중요한 쟁점들을 논하고 있다. 그 중 가장 설득력이 있어 보이는 것이 '인간 특별성 통념' 논제이다. 그것은 사람들이 특별한 원리적 근거도 없이 인간이 우주 내의 그 어떤 존재보다도 탁월하다고 믿으며 결코 그 믿음을 포기하지 않으려 한다는 것이다. 이러한 통념은, 로봇이 제아무리 뛰어나다 할지라도 기계일 뿐이고 인간은 결코 기계가 아니기 때문에 로봇과 차원이 다른 탁월한 존재라는 믿음으로 이어진다. 브룩스는 이러한 통념을 없애지 않는 한 계속 발달하고 있는 로봇 환경에 제대로 적응할 수 없다고 본다.

이러한 통념과 정반대로 브룩스는 아예 인간이 감정과 의식을 갖는 기계라고 못 박는다. 다만 그 기계가 어떻게 특별히 작동하기에 감정과 의식을 갖는지에 관한 수학적인 형식체계를 알아내기가 너무나 어려울 뿐이라고 말한다. 그는 두뇌가 작동하는 수학적인 형식체계를 알기만 하면 원리적으로 인간과 수준이 비슷한 로봇종을 만드는 일이 불가능하다고 단정할 수 만은 없다고 말한다. 그렇다고 해서 흔히 과대 포장되는 과학 저널리스트들의 이야기나 할리우드에서 생산되는 공상과학 영화의 내용을 빗대어 함부로 결론을 내려서는 안 된다고 덧붙인다.

브룩스는 현재 수준의 로봇들도 이미 인간과 어느 정도 상호작용하거나 의미 소통(영어 'communication'에 대한 번역어이다. 이를 관용적으로 쓰이고 있는 의사 소통이라 번역하지 않고 굳이 의미 소통이라고 번역하는 것은 사유 중심의 소통이 아니라 행동 중심의 소통을 중시하기 때문이다)이 어느 정도 이뤄질 수 있다고 본다. 그런데도 이를 무시하고자 하는 일종의 원리적인 경향이 있다고 말하면서, 그러한 경향에는 인간에 대한 과도한 의인화가 바탕에 깔려 있다고 지적한다. 이는 결국 기계인 우리 인간을 지나치게 의인화한다는 것이다. 그 핵심은 대체로 인간 행동의 배후에 논리적인 추론이 없는데도, 행동을 할 때 논리적인 추론을 먼저 하고 그 다음에 행동을 하는 것으로 많은 사람들이 오인하고 있다는 것이다. 브룩스가 인간의 행동에 대해 이렇게 이해하는 방식은 로봇공학에 대해서뿐만 아니라 로봇 철학에 대해서도 큰 의미를 갖는다.

그가 추구하는 인공지능은 한스 모라베크(Hans Moravec)에 의해 주도되던 논리적 추론 중심의 인공지능과 방향이 전혀 다르다. 그는 행동을 기반으로 한 포섭구조 이론과 층 이론을 창안하여 휴머노이드(human-oid)를 만드는 데 성공했다. 논리적 추론장치에 해당하는 중앙처리장치를 폐기하고, 개개 행동을 하는 하부 단계의 처리 과정들이 주어진 상황에 따라 복합적인 되먹임(피드백) 관계를 통해 상호조정하는 방식을 취하도록 한 것이다. 논리적 추론에 해당하는 상위 단계의 과정이란 본래 없다는 것이 그의 주장이다.

그 결과 브룩스는 일정한 상황 속에서 상황과 상호작용하는 동시에 독자적인 그리고 물리적인 몸으로 구현된 로봇, 전혀 새로운 방식으로 실감나는 휴머노이드로 로봇을 만들 수 있었다. 그에 따르면 미리 상황에 대한 지도를 집어넣어 그 지도에 따라 움직이는 로봇은 진정한 휴머노이드 로봇이 아니다. 그런 점에서 평면을 두 발로 걷고 입력된 유형의 계단만을 오르내리는 일본 혼다의 아시모는, 외형은 최대한 휴머노이드이지만 진정한 휴머노이드는 아닌 셈이다.

몸 철학을 전공하는 필자로서는 이러한 브룩스의 입장에 전적으로 동의한다. 예컨대 1988년에 브룩스가 만든 곤충로봇 '징기스(Genghis)'

©이정아

철학자 조광제 박사(왼쪽)와 로봇공학자 양현승 교수가 국내 최초의 지능형 휴먼로봇
'아미'와 '아미엣' 앞에서 '인간의 기계화'와 '기계의 인간화'의 담론에 관해 이야기를 나누고 있다.

는, 논리적 추론장치인 단일 프로그램을 바탕으로 하지 않고 감각과 행동을 결합하기만 할 뿐인 51개의 작은 병행 프로그램들이 서로 정보를 주고받는 방식으로 만들어진 로봇이다. 징기스는 이전의 그 어떤 로봇과도 달리 독자적으로 살아 있는 것으로 여겨지는, 인공생명적인 피조물로 태어났다. 브룩스가 이끄는 팀은 브룩스가 이처럼 로봇을 제작하는 데 적용한 원리들을 활용해 발달된 자율적인 로봇을 만들어냈다. 플라스틱 스프링으로 슬린키(slinky) 놀이를 하는 인간의 행동을 모방할 수 있는 '코그(Cog)'를 만들었고, 인간과 감정을 주고받는 로봇인 '키스멧 (Kismet)'을 만들었다. 그 수준이 어느 정도까지인지는 잘 알 수 없으나, 적어도 외부의 관찰자가 볼 때에 자기 스스로 통제함으로써 자율적으로 행동과 감정의 반응을 보이는 것으로 여겨진다는 점이 중요하다.

몸 철학과 브룩스의 로봇

왜 몸 철학을 주장하는 필자가 이러한 브룩스의 입장에 전적으로 동의하는가 하면, 그의 접근법이 몸 철학의 기본 원리와 너무나 흡사하기 때문이다. 몸 철학의 기본 원리는 대략 다음과 같다. 인간은 몸이다. 몸인 인간이 사유하는 이유는 몸이 자기가 처한 상황에 제대로 적응할 수 없을 때 더욱 효과적으로 상황에 적응하고자 하기 때문이다. 사유는 몸이 요청하여 몸 스스로 자아내는 활동이다. 사유가 있기 전에 어떤 방식으로 건 그 바탕으로서 행동이 먼저 있다. 따라서 몸과 정신은 결코 실체적으로 분리된 것이 아닐 뿐더러, 정신은 몸의 한 기능이다. 나의 몸인 나는 타인들뿐만 아니라 다른 사물들과 상호작용함으로써 삶을 영위한다. 내가 타인들과 상호작용할 때, 그들의 정신과 상호작용하는 것이 아니라 그들의 행동과 상호작용한다.

몸은 상황(타인들과 사물들을 포함한)과 상호 작용하면서 제 스스로의 작동방식을 유형화하여 축적함으로써 자신의 행동을 더욱더 복합적으로 미세하게 바꾸어나간다. 몸으로 나타나지 않는 감정은 없으며 감정은 눈빛 · 얼굴 · 동작 등이 변화한 상태이다. 결국 인간은 자기 내면에서 이뤄지는 반성을 바탕으로 해서 인간으로서 살아가는 것이 아니라, 감각과 행동을 기반으로 타인들이나 사물들과 갖는 외면적인 관계를 통해 인간으로서 살아간다.

이러한 몸 철학의 원리에 입각해서 볼 때, 로봇이 기계인지 아니면 인간인지 혹은 인간이 기계인지 아니면 기계를 넘어선 순수하게 정신적인 존재인지 하는 등의 문제는, 로봇과 인간이 서로 어떤 외면적인 관계를 맺는가에 따라 결정된다고 할 수 있다. 설사 로봇이 기계고 인간이 기계가 아니라 할지라도, 만약 로봇이 인간과 어느 정도 상호작용을 하면서 어느 정도 의미 소통을 할 수 있다면, 그 정도만큼 로봇은 인간이고 또 그 정도만큼 인간은 기계다.

따라서 로봇공학과 관련된 기술이 발달함에 따라 로봇과 인간 사이의 상호작용에 의해 의미 소통의 정도가 점점 더 커지는 만큼, 로봇은 점점 더 인간이 될 것이고 동시에 인간은 점점 더 기계가 될 것이다.

로봇과 인간이 일정하게 상호작용을 하고 의미 소통을 한다는 것은 로봇이 처한 상황과 인간이 처한 상황이 그만큼 융합된다는 것을 의미한다. 상황은 행동에 대한 기반이고 지평이다. 행동이란 항상 상황에 대한 행동이기 때문이다. 그런가 하면 상황은 크고 작은 사건들이 생겨나는 장이다. 사건은 행동이 이루어질 때 그 행동을 의미 있게 만드는 계기가 된다. 돌이 굴러 떨어지는 것이 돌에게 사건이 될 수는 없다. 그 돌에 치여 다치는 사람에게 돌이 굴러 떨어지는 것은 사건이 된다.

그렇다면 그 돌에 소가 치여 다치면 돌이 굴러 떨어지는 것이 소에게 사건이 될까? 사건이란 것이 인간 말고 다른 존재에게도 성립될 수 있는 것인가? 만약 신이 있다면 신에게 사건이 있을 수 있는가? 이제까지 대체로 철학자들은 사건이 인간에게만 성립될 수 있는 것이라 여겨왔다. 만약 소나 말이나 개에게 사건이 성립될 수 있다고 말한다면, 그것은 그것들을 존재론적으로 인간과 연속적인 차원에 놓는 것이 된다. 문제는 로봇에게 사건이 성립한다고 말할 수 있는가 하는 점이다. 예컨대 로봇이 잘못 움직여 높은 곳에서 굴러 떨어져 몸체가 망가졌을 때 로봇에게 사건이 일어난 것이라고 말할 수 있다고 한다면, 로봇은 존재론적으로 보아 인간과 연속적인 차원에 존립하는 것이 된다.

그런데 굳이 인간에게만 사건이 성립한다고 여겨온 이유는 무엇인가? 인간은 정신적인 존재여서 내면적으로 반성할 수 있기 때문에, 따라서 그저 객관적으로 있을 뿐인 사실을 의미 있게 해석할 수 있는 능력이 있기 때문에 그런 것인가? 혹시 인간의 행동이 다른 동물들이 하는 행동에 비해 색다른 특성을 지니고 있기 때문은 아닌가? 예컨대 인간의 행동이 주어진 객관적 사실로부터 시간적으로 상당한 간격을 두고서 뒤늦게 나타나는 반응이기도 하기 때문에 그런 것은 아닌가?

달리 말하면, 인간의 행동이 침묵과 정지로서도 나타날 수 있기 때문에 인간에게만 사건이 성립할 수 있다고 말하는 것은 아닌가? 몸 철학에 입각해서 보면, 후자가 참다운 이유이다. 왜냐하면 나는 나뿐만 아니라 다른 사람들에게도 사건이 성립한다고 당연히 말할 것인데, 도대체 나로서는 그 다른 사람의 내면에서 이뤄지는 반성의 영역에 원리상 개입할 수 없으며 오로지 그의 행동을 통해서만 그를 인식하기 때문이다.

로봇과 인간 사이의 상호작용 내지는 의미 소통의 폭을 강화하기 위해서는 로봇에게도 인간과 같은 행동의 방식, 즉 객관적인 사실과 시간적인 간격을 두고서 침묵과 정지로 의미 있게 반응할 수 있는 기능을 부여해야 한다. 그래야만 로봇에게도 사건이 성립할 것이기 때문이다. 또 그럴 때 인간적인 상황과 로봇적인 상황의 겹침이 훨씬 더 강화될 것이기 때문이다.

양현승 교수의 로봇인간

이야기를 잠시 바꾸어,《한겨레》가 기획한 '인문의 창으로 본 과학의 풍경' 연재기획의 일환으로 2004년 말경 한국과학기술원의 전자전산학 교수이자 국내의 대표 로봇공학자인 양현승 교수의 연구실을 찾은 경험을 되새겨본다. 그가 만든 '아미(AMI)'와 '아미엣(AMIET)' 두 로봇이 어떤 상황에서 자율적으로 반응하는가에 대한 이야기를 제대로 듣지 못한 것이 아쉽다. 아미는 약 150개의 얼굴을 기억해서 인지할 수 있다고 했다. 그런데 그 인지가 스스로 이루어지는 것이 아니라 키보드를 연결해 이름을 적어 넣어야만 가능했다. 내가 얼굴을 보여주고 키보드를 통해 내 이름을 입력한 뒤 한참 있다가 아미에게 다가가자, "조광제 교수님, 안녕하십니까?"라고 인사말을 했다. 그것만으로도 정말 신기했다. 악수도 할 줄 알고, 춤도 출 줄 알고, 배에 달린 모니터로 감정을 표현할 줄도 아는 대단한 로봇이었다.

하지만 지금 이 글을 쓰는 나로서는 양현승 교수의 로봇이 어떤 기본 원리로 만들어졌는지를 알지 못한다. 중앙집중의 단일 프로그램 위주인지, 아니면 브룩스처럼 작은 프로그램들을 병행하는 방식인지 정확하게 알지 못한다. 아마도 추정컨대 전자의 방식인 것으로 여겨진다. 그런데 그가 한참 만들고 있는 중인 이족(二足)로봇은 아마도 후자의 방식을 병용하지 않나 싶다.

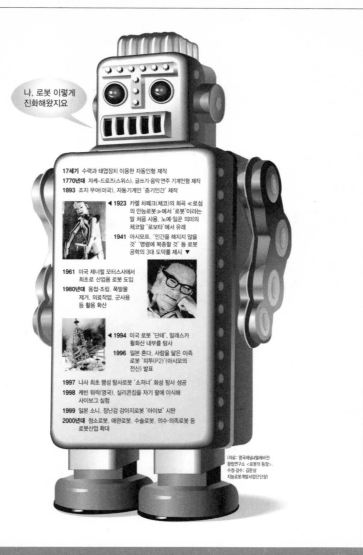

로봇의 진화

어쨌든 가장 중요한 것은 상황에 대한 감각적 인식과 행동이 즉각적으로 혹은 일정한 간극을 두고서 연결될 수 있는 로봇을 만들지 않고서는, 그리고 그러한 감각—행동의 연결과 행동이 인간이 통제할 수 없는 혹은 통제할 필요가 없는 방식으로 이루어지지 않고서는 휴머노이드 로봇을 만든다고는 할 수 없다는 사실이다. 양현승 교수가 "인간은 이제 로봇인간을 만드는 신이다"라고 말한 것으로 보아 틀림없이 그는 그러한 로봇을 만들기 위해 전심전력으로 노력하고 있을 것이다.

사이보그와 몸과 세계의 통일

이제 이야기를 크게 바꾸어 인간과 기계의 결합인 사이보그 문제를 살펴보고자 한다. 어쩌면 로봇보다는 사이보그가 향후 인간이 존재하는 방식을 새롭게 결정짓는 역할을 할 것으로 보인다. 이미 널리 상용화되고 있는 인공달팽이관은 인간의 청신경과 전자칩을 연결하는 장치이다. 한창 연구중인 인공망막은 시신경과 전자칩을 연결하는 것이다. 인공망막이 발달하면 적외선이나 자외선을 볼 수도 있을 것으로 예상된다. 《나는 왜 사이보그가 되었는가(I, cyborg)》라는 책으로 유명한 케빈 워릭(Kevin Warwick)과 그의 아내 이레나는, 손목 근처의 정중신경에 정밀한 미세전극장치와 무선장치를 연결해 세계 최초로 말과 행동이 아니라 신경계의 마음만으로 의미 소통을 하는 부부가 되었다. 그 요점은 두뇌의 생각만으로 디지털 컴퓨터 체계로 된 것들을 작동할 수 있다는 것, 즉 인간의 뇌신경이 디지털적인 컴퓨터와 호환이 된다는 것이다.

로봇손과 무선으로 연결된 워릭의 손은 컵을 쥐는 손동작만으로 로봇손이 컵을 쥘 수 있도록 했고, 로봇손이 컵을 쥐고 있다는 것을 보지 않고서도 확실히 느낄 수 있도록 했다. 워릭은 "우리는 컴퓨터를 통해 신경을 조절하는 신호를 보내고, 로봇이 그 신호를 하나의 질서로 이해하는 과정을 거치면서, 인간에 대한 로봇의 태도를 바꿀 수 있다는 걸 알게 되었다. 동일한 방법으로 로봇이 인간을 친구를 대하듯 아니면 원수를 대하듯 행동하도록 할 수도 있었다"라고 말한다.

워릭의 사이보그가 제시하는 일차적인 문제는 마음의 정체에 관한 것이다. 마음이란 것이 뇌신경계와 따로 분리되어 있고, 뇌신경계를 '마음대로' 조절하는 것인가, 아니면 마음이란 뇌신경계의 총합적인 작동 원리인가? 브룩스는 마음 놓고 인간을 기계라고 했다. 심지어 자기의 아들마저 기계라고 단언했다. 그것은 마음이란 것이 뇌신경계의 총합적인 작동 원리임을 전제로 한 것이다. 과연 그런가?

워릭의 사이보그 실험에서 워릭의 마음은 예컨대 몸이 구체적으로 작동하지 않고 무선장치를 통해 멀리 떨어진 컴퓨터를 작동시켰다. 워릭이 일정한 마음을 먹었을 때, 그 워릭의 마음은 곧바로 뇌신경의 신호로 변환되었다. 그것은 워릭이 일정한 마음을 먹자 뇌신경계와 연결되어 있는 컴퓨터 장치가 작동했다는 데서 알 수 있다. 이러한 실험이 있기 전에는 인간이 무엇을 하고자 마음을 먹었을 때 과연 마음이 뇌신경의 신호로 변화하는지 여부를 정확하게 결정지을 수 없었다. 이제 워릭의 사이보그 실험에 의해 일단 일정한 마음이 뇌신경의 일정한 부호로 변환된다는 것이 증명된 것이다.

그렇다면 이제 문제는 뇌신경의 일정한 부호로 변환되는 것 자체를 마음이라 할 수 있는가, 어떤가 하는 것이다. 즉 마음을 기계화할 수 있는가 하는 것이 문제다. 마음이란 것이 따로 있어서 뇌신경에 영향을 미쳐 뇌신경에서부터 일정한 부호로 변환하도록 한다는 가설을 제거해야 할 뚜렷한 증거가 아직은 없기 때문이다. 하지만 분명한 것은 워릭이 마음을 먹게 된 것은 주어진 실험 상황 때문이라는 것이다. 주어진 상황이 아무것도 없는데 마음을 먹게 되는 경우가 있을까? 혹은 몸으로 된 자신과 타인들 및 사물들로 구성된 상황 말고, 그러한 상황과 전혀 무관한 순수하게 정신적인 상황이 있어서 그 상황 때문에 마음을 먹게 되는 경우가 있을까? 즉 이 세계를 완전히 벗어나서 마음을 먹는 경우가 있을까? 그럴 수 없을 것이다. 설사 그럴 수 있다 하더라도 그것은 아무런 의미가 없기 때문에 마음을 먹는 경우라고 할 수조차 없을 것이다. 요컨대 마음을 먹게 되는 것은 외부세계로부터 뇌신경에 주어지는 자극 때문인 것이다. 결국 뇌신경은 스스로 받아들인 자극에 의해 스스로를 부호로 변환시켜 바깥의 컴퓨터 장치를 움직인 것이다.

두뇌는 외부에서 오는 각종 자극을 받아 그 자극을 우리가 보고 듣고 만지고 하는 여러 이미지들의 세계로 자신 속에 만들어낸다. 그러니까 우리가 지각하면서 보고 있는 바깥세계의 이미지는 원리상 우리의 두뇌 속에 있는 것이다. 그런데 정말 묘한 것은 두뇌는 자기 속에서 만들어지는 이미지의 세계 속에 자기 자신이 부분으로 포함되어 있다는 이미지를 함께 만들어내는 것이다. 뇌 속의 이미지의 세계, 뇌 속의 이미지의 세계 속의 뇌 자신의 이미지. 완전히 뫼비우스의 띠 같은 상호포섭적 관계이다. 몸은 확장된 뇌다. 몸 역시 세계와 그러한 뫼비우스의 띠 같은 상호포섭적 관계를 맺고 있다. 그러나 몸은 운동을 통해 세계 내의 모든 사물들이 몸으로부터 독립해 있다는, 사물들의 독자적인 물체성을 확인한다. 그러한 확인을 통해 몸 자신 역시 하나의 물체임을 확인한다.

그런데 워릭은 사이보그 실험을 통해 몸 외의 물체들과 몸 사이에 운동이 이루어지는 관계에서 '거리'를 없애버렸다. 말하자면 워릭은 이제 우리에게 우리의 몸이 물체들과 운동 관계를 맺는 데 거리가 전혀 중요하지 않다는 것을 증명해냄으로써, 몸과 물체들 간의 정확한 통일성과 일체감을 확증했다. 이는 그야말로 인간이 존재하는 방식에 대한 전대미문의 혁명이다. 유비쿼터스가 말 그대로 곳곳에서 실현되면, 몸은 세계 전체로 확장되어 세계와 일체가 되고, 세계는 몸으로 수렴되면서 몸과 일체가 될 것이다. 사이보그적인 초인의 탄생이 눈앞에서 펼쳐지고 있는 셈이다.

불투명성의 시대

그다지 멀지 않은, 아니 이미 성큼 다가오고 있는 휴머노이드 로봇과 사이보그의 시대는 과연 불투명성의 시대라 아니할 수 없다. 가장 중요한 것은 인간과 만물 간의 상호작용과 의미 소통이 양과 질 모든 면에서 더할 수 없이 현실적으로 강화되고 있다는 사실이다. 무엇보다 중요한 것은 이러한 새로운 의미 소통의 시대에 잘 적응하여 더욱더 깊이 있고 다양하게 삶을 향유하는 데 도움이 되는 인간관과 의미 소통 이론을 확립하는 것이다.

쉽게
읽는
과학의
발자취

로봇공학

오철우 《한겨레》 기자

1980년대와 1990년대 초반까지만 해도 로봇은 주로 용접과 조립을 하는 무인자동화 공장에서 활용됐습니다. 가끔 텔레비전 화면에 비치는 자동차·반도체 공장 등의 로봇팔들이 여전히 '산업역군'으로 활약하는 로봇들이었습니다. 소설과 만화영화에 등장하는 아톰과 태권브이 같은 사람 닮은 로봇은 공상과학이 만들어낸 상상력일 뿐이었습니다. 이렇게 현실세계에서는 주로 공장 안에서 번식하며 진화하던 로봇들이 20세기 말, 특히 1990년대 후반 들어서 공장 문을 열고 성큼성큼 걸어나와 점차 사람들이 생활하는 주변으로 파고들고 있습니다.

김문상 지능로봇개발사업단 단장(한국과학기술연구원 책임연구원)은 "청소로봇, 경비로봇, 애완로봇은 물론 수술로봇, 의족로봇 등 다양한 분야에서 새로운 기능을 갖춘 로봇들이 개발되면서, 이른바 '지능형 로봇산업'이 만들어지고 있다"라고 로봇의 변화 흐름을 전합니다. 공장을 자동화하는 데 도구로 쓰이던 로봇이 '지능'을 높여 이제 산업도구가 아니라 그 자체로 하나의 '산업'이 되었다는 점은 크게 달라진 로봇 진화사의 최근 흐름입니다.

로봇이 진화하는 과정은 나라마다 조금씩 달랐습니다. 로봇은 로봇을 만드는 사람들의 사회와 문화를 닮는 모양입니다. 로봇산업의 선두에 서 있는 일본은 최근 몇 년 사이에 사람과 동물을 빼닮은 로봇들을 잇달아 발표해 세상의 관심을 끌었습니다. 이 로봇들은 신기하게도 사람과 동물의 몸동작을 아주 자연스럽게 흉내 냅니다. 사람처럼 두 발로 사뿐사뿐 걷는 로봇 '피투(P2, 1996년)'와 '아시모(ASIMO, 2000년)'는 세계 로봇공학계에 그야말로 '아시모 쇼크'를 만들 정도로 큰 반향을 일으켰고, 그 덕분에 일본형 휴머노이드를 상징하는 로봇으로 확고하게 자리를 잡았습니다. 뒹굴기도 하고 컹컹 짖으며 애교를 떠는 강아지 애완로봇 '아이보(AIBO)'도 로봇이 대중의 유행상품이 될 수 있음을 처음으로 확인해주었습니다.

반면에 미국의 로봇은 좀 다릅니다. 주로 우주 개발이나 군사산업의 매우 위험한 작업, 아주 정밀해야 하는 작업에 투입하는 쪽에 초점을 맞춰 성장해왔으니까요. 미국항공우주국(NASA)이 주도하는 우주탐사로봇, 그리고 수천 미터 바다 속을 누비는 무인 해저 탐사로봇, 위험한 임무를 수행하는 전투로봇 등이 미국의 로봇기술을 대표해왔습니다. 세계적 스타가 된 소저너(Sojourner)나 오퍼튜니티(Opportunity) 같은 화성 탐사로봇도 미국 로봇의 상징입니다.

로봇산업이 향후에 어떤 방향으로 진화하며 우리 삶을 어떻게 바꿀지는 아직 예측하기 어렵습니다. 다만 전문가들은 "사람을 빼닮은 휴머노이드가 산업으로 성장하기는 시기상조"라고 조심스럽게 내다보고 있습니다. 해저 탐사로봇 개발자인 미국과학재단(NSF) 여진구 박사는 전자우편 인터뷰를 통해 "로봇의 두 발 걷기 기술은 이미 1980년대 미국에서 연구돼 오늘날 대부분의 휴머노이드에 이용되고 있다"고 하면서도, "그렇지만 많은 미국 연구자들은 휴머노이드가 기초 연구 대상으로 중요하기는 하지만, 그 자체가 로봇산업의 미래가 될 것이라고 믿지는 않는다"라고 진단했습니다. 휴머노이드가 흥미로운 관심의 대상이기는 하지만, 들이는 노력과 비용에 비해 인간이 실생활에서 얻을 수 있는 효용가치가 너무 작기 때문이랍니다.

국내의 한 로봇공학자도 "사람한테 서비스를 제공하는 로봇이 구태여 인간처럼 두 발로 걸을 필요가 있는가. 더욱이 두 발로 걷기가 자연스럽게 구현하기에 매우 난해한 기술이고 그 자세의 불안정함을 쉽게 극복하지 못하는 상황에서 꼭 사람 닮은 로봇이 왜 필요할까"라고 되묻습니다.

이 때문에 로봇은 당분간 사람 닮기에 매달리기보다는 다른 기계속으로 파고들어 기계의 효용을 높이는 생존전략을 구사할 것이라는 전망도 나옵니다. 인공지능과 시각·음성 인식 등 로봇의 오감기술이 자동차와 휴대전화, 가전제품 들에 활용되어 로봇의 영향력을 인간의 삶 주변에서 넓혀갈 것이라는 주장입니다. 김문상 단장은 "적어도 30여 년 뒤에 휴머노이드를 쉽게 볼 수 있게 되기 전까지, 로봇은 다른 기계 속에서 자기 존재를 넓혀갈 것"이라고 내다봅니다.

그럼, 더 먼 미래에 인간과 로봇의 관계는 어떠할까요? 로봇이 점점 더 지능화하고 최근엔 국내에서도 두 발로 걷는 로봇이 개발될 정도로 사람 닮기의 속도가 빨라지고 있는 것도 분명한 현실이기 때문에, 당연히 이런 물음이 제기됩니다. 여러 예측이 있지만 로봇공학자들은 대체로 '로봇과 인간의 공존' 시대를 기대하고 있습니다.

세계 로봇공학의 권위자로 꼽히는 로드니 브룩스 박사는 "우리와 로봇의 구별은 사라지고 말 것이다"라고 예측합니다. 그는 로봇공학의 대중적 입문서로 쓴 《로봇 만들기》에서 짧게는 지난 50년, 길게는 지난 500년 동안 전개된 과학기술과 컴퓨터·로봇공학의 흐름을 종합해 예측해볼 때 이런 결론이 가능하다고 말합니다.

그러면 로봇은 우리 인간을 지배할까요? 그는 "로봇은 인간을 지배하지 못할 것"이라고 말합니다. 미래에 로봇의 운명은 할리우드 영화에서처럼 로봇이 스스로 번식하며 진화하고 사람의 통제권을 벗어날 것이라는 '저주의 시나리오'도 아니며, 실리콘에다 의식을 다운로드해 로봇이나 네트워크 속에서 인간이 영원한 생명을 얻을 수 있다는 식의 '구원의 시나리오'도 아니랍니다. 그는 '제3의 길'을 예측합니다. 로봇이 사람의 지능을 능가할 수 없기 때문에 그러한 것이 아니라,

사람의 몸 역시 갈수록 '기계화'의 길을 걸어 더욱 강해지기 때문에 '순수한 기계'인 로봇은 '기계와 인간의 융합체'인 우리를 지배할 수 없다는 것이 그의 답입니다.

그는 과학의 역사가 인간이 특별한 존재라는 신념을 조금씩 무너뜨려온 역사였다고 말하면서, 인간이 사는 지구가 우주의 중심도 아니며 우리 인간도 다른 생물처럼 진화하는 동물일 뿐이라는 사실이 증명된 뒤에, 이제 인간의 특별함에 대한 세 번째 도전으로 '기계의 도전'이 시작됐다고 주장합니다.

이와 비슷하게 매사추세츠 공대 교수 브루스 매즐리시(Bruce Mazlish, 역사학)도 저서 《네 번째 불연속(*The fourth discontinuity*)》에서 '인간과 기계의 공진화'를 말합니다. 그는 고대 그리스의 자연철학자들이 자연의 보편적 물리 법칙을 깨닫기 시작하고, 다윈이 자연선택의 진화론을 통해 사람과 동물의 단절을 이어주고, 프로이트가 의식과 무의식의 불연속을 깬 것처럼, 기계와 인간이라는 '네 번째 단절과 불연속'을 극복하려는 움직임이 진행되고 있다고 분석하고 있습니다. 과연 먼 미래에 인간과 로봇의 운명은 어떤 관계를 이룰까요.

'닮은 과거, 다른 미래'의 비밀을 들추다

동물행동학자 최재천 대담기

공지영 소설가

최재천

서울대 생명과학부 교수, 현재 이화여대 석좌교수 | 사회생물학, 동물행동과 진화 등 연구, 영장류연구소 설립 추진 | 저서 《개미제국의 발견》《생명이 있는 것은 다 아름답다》 등

공지영

소설가 | 1988년 《창작과비평》에 단편 〈동트는 새벽〉 발표하며 작품활동 시작 | 작품 《봉순이 언니》《무소의 뿔처럼 혼자서 가라》《별들의 들판》 등

누구나 그렇겠지만 가끔 내 직업에 회의가 들기도 한다. 그때 나는 늘 미생물학자가 될 걸 했다. 왜 미생물학인지는 모르겠지만 그냥 아침에 출근해서 꼬물거리는 작은 생명체를 들여다보다가 퇴근했으면 좋겠다고 막연히 생각한 것이다. 복잡하고 예측하기 힘든 이 인간사를 들여다보느니, 단세포동물들을 연구하면 좋겠다고 말이다. 그런데 최재천 서울대 교수를 만나러 가기 전에 몇 가지 책을 들여다보다가 나는 이 터무니없는 소망이 깨어지는 소리를 들었다. 우리가 당연하다고 생각해 이제 질문조차 하지 않는 진화론 때문에 과학자들이 겪어야 했던 수난을 발견한 것이다.

다윈(C. R. Darwin, 1809~1882)이 《종의 기원(*The origin of species*)》을 발표한 뒤 그의 얼굴에 원숭이 몸을 덧붙인 캐리커처로 조롱당한 것은 물론 다 아는 이야기이다. 옛날만 그런 것이 아니다. 제인 구달 박사가 자신의 젊음을 바쳐 침팬지를 연구하다가 하버드 대학에서 박사논문을 써서 제출했을 때, "제인 구달이 유명한 이유는 그의 다리가 날씬하기 때문"이라고 한 교수도 있었으니 더 말할 필요가 없겠다.

이런 일화를 보자. 1925년에 미국 테네시 주의 교사 스콥스는 수업 중에 진화론을 가르쳤다는 이유로 구속되고 기소되었다. 사람들은 진화파와 반진화파로 극심하게 양분되었고, 테네시 법원은 "스콥스가 인류의 조상이 열등한 동물이라고 가르친 것은 유죄이므로 반진화파에게 벌금 100달러를 지급하라"는 판결을 내렸다. 나는 최 교수가 동물학자이면서 왜 호주제라든가 다른 사회문제에 관심을 가지고 자신의 견해를 피력하는지 알 것 같은 기분이 들었다. 그의 스승이 유명한 에드워드 윌슨(Edward O. Wilson) 박사, 바로 사회생물학(인간을 포함한 모든 동물의 사회행동을 체계적으로 연구하는 학문)의 창시자라는 것도 기억이 났다.

그의 연구실로 찾아간 나는 먼저 이 질문부터 던졌다. 과학(문자 그대로 '과학')이 과연 사회권력으로부터 자유로울 수 있느냐는 것이었다. 그는 잠시 웃다가 갈릴레이 이야기를 꺼냈다. "지구가 돌지 않는다고 말하고 죽음을 면한 갈릴레이는 처신을 잘한 거지요. 그렇지만 그가 만일 인문학자였다면 그는 아마도 죽었겠지요." 질문을 던졌는데 화두가 다시 내게 돌아온 셈이었다. 하기는 순교한 과학자를 보지 못한 까닭은 그들에게는 신의 지문인, '자연 자체'라는 든든한 '빽'이 있기 때문일 것이다. 그리고 그것은 증명되고 입증된 사실 자체를 바탕으로 하는 것이니, 소나무를 보고 권력자가 '참나무'라고 한다고 그것 때문에 목숨을 걸 필요는 없을 테니까.

동물 연구는 사람을 알려는 것

잠시 침묵하다가 내가 다시 물었다. "동물 연구는 왜 하는 겁니까?" 너무 단도직입적 질문이었나 싶었는데, 단도직입적 대답이 돌아왔다. "사

소설가 공지영 씨(오른쪽)와 동물행동학자 최재천 교수가 까치 사육실 앞에서
생물이 진화해온 하나의 연속적 과정에서 분화의 길을 걸어온 인간과 동물이
어떻게 다르고 같은지에 관해 이야기를 나누고 있다.

람을 알기 위해서죠……. 진화론의 입장에서 보자면 동물에게 있는 모든 것이 인간에게도 모두 있기 때문입니다" 하고. 그는 우리가 생물 시간에 배운 유명한 명제 '개체의 발생은 계통의 발생을 반복한다'라는 이야기를 꺼내며, 반대로 우리에게 있는 모든 것이 동물에게 있다는 말을 했다. 순간 내가 읽은 동물 연구에 대한 책이 아아, 그런 의미로 읽힐 수 있구나 하는 생각이 들었다. 유인원과 인간의 유전자 99퍼센트가 유사하다는 것, 침팬지 사이에서도 근친상간이 금지되며 수컷들은 배타적이라는 내용들이었다.

그렇다면 유전자가 모든 것을 결정한다는 뜻이 되는 것인가 물었다. 사주팔자론 비슷한 그 생각 말이다. 그는 신중해지기 시작했다. "그럴 수도 있죠. 그런데 유전자 하나가 모든 일을 해치우는 게 아니거든요. 그 조합이 중요해요. 실제로 우리가 잘못 알고 있는 상식이 많아요. 근친상간을 한다고 바로 비정상 아기가 태어나는 것은 아니란 말이죠. 먼 거리에 있는 사람과 결혼하는 게 좋다고 하는데, 또 어떻게 보면 너무 먼 것은 조합을 해칠 가능성도 있는 거지요. 초파리의 눈 색깔을 결정하는 데 유전자가 몇 개나 관계하는지조차 아직 밝혀지지 않았어요. 우리는 유전자 결정론을 지닌 사람은 아마도 '유전자가 모든 것을 결정한다고 생각하게 하는 유전자'를 가지고 있는 게 아닐까 하고 가끔 농담을 합니다……."

이번에는 일부 여성들에게 있다는 불륜 유전자에 관한 이야기를 물었다. "아마도 여성들 일부에게 불륜 유전자가 있다고 뉴스가 되는 까닭 · 은 남성은 모두 다 그 유전자를 가지고 있어서 별로 연구대상이 아니기 때문인가 봐요." 그리고 이렇게 덧붙이는 것도 잊지 않았다. "생물학자는 유전자를 맹신하는 사람들이 아닙니다. 생물학은 유전과 생태(사회)를 연구하는 학문이지요. 그 중에 생태학을 더 중요하게 여기기도 해요. 예를 들어 망아지가 태어나 바로 들판을 뛰어가는 것은 엄마 뱃속에서 이미 모든 것을 완성하고 나왔기 때문이지만, 사람은 엉성하게 태어나 2~3년 동안 짜맞춰져요. 신경회로망이 그때서야 완성되는 것이지요."

자연은 순수를 혐오한다

정신분석학에서 인간이 태어난 뒤 첫 2~3년을 얼마나 중요하게 여기는지 떠올랐다. 신생아들 머리뼈에서 대천문, 소천문이라고 부르는, 아직 완전히 결합되지 않은 부분에 대한 육아상식도 생각났다. 조각난 지식들에 비로소 줄들이 죽죽 이어졌다. 신기했다.

　우리는 그가 연구한다는 까치를 보러 나갔다. 까치 중의 한 마리가 그를 알아보고 그의 옷깃을 톡톡 쪼았다. 그의 말을 듣고 나자 까치도 예사로 보이지 않기 시작했다. 저 까치가 보이는 속성 어느 것 하나가 내 속에도 있다고 생각하자, 나는 제인 구달이 왜 전 세계를 방문하면서

'루트 앤 슈트 운동(환경을 보호하는 것뿐 아니라 그것으로 미래의 희망을 찾자는 운동)'을 하는지 이해할 수 있었다. 스님들이 왜 도롱뇽을 살리기 위해 힘겹게 싸우는지도 '과학적'으로 느껴졌다. 결국 우리의 일부와 닮아 있는 동물이 살지 못하는 곳에서는 인간도 살 수 없다는 당연한 말이, 뭐랄까 '생물학적'으로 나를 설득해낸 것이다.

그는 갈매기를 연구한 사람이 들려준 이야기를 꺼냈다. "일부일처인 갈매기가 다음 해에 둥지로 돌아올 때 제 짝이 아닌 갈매기를 맞는 경우도 있는데, 그런 경우 본래 짝이던 갈매기와는 그 전 해에 둥지에서 서로 지저귀는 시간이 많았답니다." "그럼 싸운 거예요?" 소설가가 물으니 과학자가 '그건 관찰을 통해' 알아낸 것일 뿐이라고 답한다. 리처드 바크의 《갈매기의 꿈》은 그러니까 그냥 '소설'이 아닐 수도 있는 것이다. 최 교수가 어느 강연에서 말한 대로 '알아야 사랑하는' 모양이다. 그렇게 보면 '사랑은 아무나 하나'라는 유행가 가사도 예사롭지 않은 것이다.

지구의 역사를 하루로 본다면 인류 역사 600만 년은 오후 열한 시 오십구 분 오십몇 초라고 그는 썼다. 장자를 빌려오지 않아도 이 거대한 흐름, 거대한 생명의 역사 속에서 우리는 겨우 100년을 산다. 그런데 그 100년도 못 채우고 서로 죽이고 죽임을 당한다. 1860년에 영국의 생물학자 헉슬리(T. H. Huxley, 1825~1895)는 원숭이의 손자라고 조롱하는 주교에게 "알지도 못하는 과학의 문제를 멋대로 지껄이는 경박한 지식인

생물학적 인류학자들은 유전자 연구를 통해 인류 진화의 '역사'를 알아낼 수 있다고 말한다.
진화의 긴 여정 속에서 직립보행 인류가 나타나기까지 과정을 나타낸 그림. 《데이턴 데일리 뉴스》에
실린 마이크 피터스의 '남자의 진화와 여자의 진화' 그림(위)과 렌탈 텔레비전의 진화를 묘사한 그림(아래).

보다는 정직한 원숭이가 할아버지인 게 낫다"고 공박했다. 100달러를 벌금으로 낸 스콥스의 변호인은 진화론이 "기독교를 조롱하려는 의도" 라고 하는 검사에 맞서, "우리는 편협하고 무식한 인간들이 미합중국의 교육을 통제하려는 의도를 알고 있다"라고 논박했다.

별을 연구하든 동물을 연구하든 새로운 진실을 발견한 과학자들은 그 시대의 낡은 지배 패러다임과 충돌할 수밖에 없다는 것이 진리라면, 나는 미생물학자가 되고 싶다는 말을 이제는 하지 못할 거 같다. 나는 최 교수의 글에서 생물학자 해밀턴의 말을 발견한다. "섞어야 건강하다. 섞 어야 순수하다. 자연은 다양해지는 방향으로 움직인다. 자연은 순수를 혐오한다." 우리 사회가 자연에서 겸허하게 배우기를 기대해도 될까?

쉽게
읽는
과학의
발자취

진화 이론

오철우 《한겨레》 기자

진화론은 현대 생물학을 통해 '생물학의 보편이론'이라는 지위를 굳히고 있습니다. 그렇지만 처음부터 진화론과 생물학이 이렇게 좋은 관계를 이루고 있지는 않았습니다. 오히려 진화론은 처음에는 당시의 주류 생물학자들한테 기피의 대상이었다고 합니다. 19세기 중반에 찰스 다윈이 진화 이론을 제시했을 때, 세포생물학자들은 진화론을 과학으로 인정하기에는 못 미더워했습니다. 진화론이 생물학에서 기초 중의 기초인 '세포' 수준에서 일어나는 생명 현상들을 설명하지 못할 뿐더러 그 이론의 가설을 실험으로 검증할 수도 없는 것이었기 때문에, '과학'으로 받아들이지 않던 시절이 있었다고 합니다.

　하지만 20세기 분자생물학의 시대에 들어와서는 진화론이 여러 과학 분야를 포괄하는 굳건한 과학으로서 입증되고 있습니다. 진화의 과정에서 나타난 생물종들의 같음과 다름이 '생화학 분자' 수준의 실험 증거들을 통해 설명될 수 있게 됐기 때문입니다. 대표적인 예가 모든 동물과 식물의 세포에 있는 '사이토크롬 시(cytochrome c)'라는 단백질의 발견입니다.

유전체학자인 박홍석 한국생명공학연구원 박사는 "에너지를 생산하는 대사작용에 중요한 구실을 하는 이 단백질의 아미노산 서열은 식물과 동물 등 모든 생물에서 대동소이하게 나타나는 것으로 규명된 바 있다"라며, "이것은 식물과 동물에 공동의 조상이 있다는 증거가 된다"라고 말합니다. '공동 조상'이 존재했다면, 당연하게도 지금의 다양한 생물종들은 오랜 세월 동안 종의 가지치기를 하면서 분화해왔다고 해석할 수 있습니다. 다른 말로 하면 여러 생물종에 있는 이 단백질을 분석해 그러한 종의 분화가 일어난 진화의 옛 흔적들을 추적할 수 있는 것입니다. 이 단백질을 구성하는 아미노산 서열들을 분석하고, 그것이 어느 정도나 서로 다르냐에 따라 생물종들이 언제쯤 분화해 서로 다른 진화의 길을 걷기 시작했는지를 추정할 수 있다는 얘기죠. 더 많이 다를수록 더 오래 전에 분화했다는 증거가 됩니다.

유전체(게놈)도 역시 진화의 역사를 간직한 '살아 있는 화석' 또는 '분자 시계'로 통합니다. "여러 생물종들의 유전체를 분석한 결과를 보면 디엔에이의 염기서열에서 1퍼센트 차이가 나타나려면 대략 400만 년의 진화 기간이 필요합니다. 디엔에이 또는 미토콘드리아의 염기서열이 생물종마다 얼마나 차이가 나는지를 분석하면, 어떤 종과 종의 생물학적 거리와 종의 분화 시기를 추정할 수 있습니다." 자연환경 속

166

에서 생물종들은 매우 오랜 세월에 걸쳐 서서히 유전자 변형을 일으키므로, 이런 진화의 시간으로 따지자면 현대 생명공학이 실험실에서 이룬 유전자 변형은 수백만 년에 걸친 자연적 진화의 속도를 매우 짧은 시간 속에 압축해 구현한 셈이 됩니다.

진화는 왜 일어날까요? 또 인간은 가장 뛰어나게 진화한 종일까요? 박 박사는 "유전체로 보더라도 모든 생물은 자신이 처한 환경에 자기 나름대로 가장 충실하게 적응하는 쪽으로 진화하고 있다"며, "말하고 도구를 쓰는 측면에선 인간이 진화의 정점이겠지만, 생식 전략에선 미생물체가 오히려 매우 뛰어난 적응력을 지니고 있다"라고 말합니다. 진화에는 우열이 없고 다양성만이 존재한다는 관점으로 바라보는 게 좀더 과학적이라는 얘기겠죠.

사실 진화론이 과학계뿐 아니라 사회 일반에도 지대한 영향을 끼치게 되기까지 그 과정에는 진화에 관한 여러 지나친 해석들도 있었습니다. '적자생존', '생존투쟁', '자연선택' 같은 개념의 의미가 잘못 확장돼 힘을 찬미하고 제국주의를 정당화하는 데 이용되기도 했습니다. 또 어떤 방향을 향한 진화를 '필연 법칙'으로 바라보는 경직된 사고가 널리 퍼지기도 했습니다. 지나친 단순화는 왜곡을 낳을 가능성이 높습니다.

왜곡된 진화론을 비판한 사람으로서, 아나키즘 사상가이자 지리 · 동물학자인 표트르 알렉세예비치 크로폿킨(Pyotr Alekseevich Kropotkin,

1842~1921)이 있습니다. 그는 다윈주의의 추종자들이 다윈의 이론을 축소해 강화시킨 도그마, 즉 "생물종들 사이뿐 아니라, 같은 종의 개체들끼리 벌이는 치열한 생존투쟁이 자연 법칙이며 진화의 동인"이라는 신념을 비판했습니다. 그가 숲이나 목초지, 또 산악에서 관찰한 바는 이와 다른 모습이었습니다. 다양한 생물종들 사이에는 치열한 생존경쟁이 펼쳐지지만, 같은 종·집단에선 경쟁보다 협력과 도움이 훨씬 더 흔하게 관찰된다는 것이죠. 동료가 먹이를 달라고 요청하면 입에 머금고 있던 먹이를 게워주는 개미, 바다로 나아가 알을 낳으려 할 때 무리를 지어 이동하며 서로 연대하고 협력하는 서인도 제도 참게, 상호지원하는 사회성이 특히나 발달한 꿀벌, 장애물에 갇힌 동료를 꺼내주려고 애쓰는 몰루카 게들의 감동적 협력과 연대!

크로폿킨은 1902년의 저작 《만물은 서로 돕는다(*Mutual aid: a factor of evolution*)》에서 이런 사례들을 거론하면서, "상호부조(서로 돕기)야말로 상호투쟁과 맞먹을 정도로 동물계를 지배하는 법칙"이라며 나아가 "진화의 한 요인인 상호부조는 어떤 개체가 최소한의 에너지를 소비하면서도 최대한 행복하고 즐겁게 살 수 있게" 해주기에 더욱 중요한 원리라고 강조합니다.

진화가 '우연성의 법칙'이라는 주장도 있습니다. 저명한 진화생물학자 스티븐 제이 굴드(Stephen Jay Gould, 1941)는 《생명, 그 경이로움에 대하여(*Wonderful life*)》에서 5억 3천만 년 전의 버지스 화석을 통해 무수한 생물종이 폭발적으로 증가했다가 이후에 대규모로 멸종한, 이른바 '캄브리아기 폭발'이라는 지구생물사의 사건을 분석했습니다. 이로써 그는 진화가 뚜렷한 방향을 향한 필연의 법칙이라기보다 '우연성'의 역사에 가깝다는 결론을 제시합니다. 당시에 우연히 살아남은 단지 5퍼센트의 생물종만이 지금 지구상에 존재하는 생물종의 뿌리를 이뤘으니까요.

굴드는 "생물 진화의 정점을 자처하는 인간의 진화는 필연일까?"라는 물음에 이렇게 답합니다. "만약 생명의 테이프를 되감아 버지스 시대부터 다시 돌렸을 때 과연 인간이 나타날 수 있을까?"라고 되묻는 그는 "테이프를 100만 번 다시 돌려도 호모 사피엔스 같은 생물이 다시 진화할 수는 없을 것"이라고 답합니다. 인간이 출현한 것은 진화사를 100만 번 재생하는 동안 한 번 있을까 말까 하는 우연이라는 얘기입니다. 어떤 생물종의 멸종과 생존은 그야말로 우연이었으며, 인류의 먼 고생물 조상이 우연하게 멸종을 피한 덕분에 출현한 인간은 당연히 아주 우연한 역사의 산물이라는 것입니다.

다양한 진화생물학의 시각에서, 자연생태에는 '절대승자'란 존재하지 않는다는 흥미로운 과학 연구들도 잇따라 나오고 있습니다. '승패는 있지만 절대승자도 절대패자도 없는', 가위바위보 놀이와 비슷하게도 생물종들 사이에서 먹고 먹히는 관계가 진화 이론의 새로운 모델이 된다는 주장이죠. 저명한 과학잡지 《네이처》(2004년 3월 25일)에 발표한 연구논문에서, 미국 예일 대학 벤저민 커컵(Benjamin C. Kirkup) 박사 연구팀은 서로 다른 대장균 세 종이 벌이는 증식경쟁을 관찰하여 늘 같은 한 종만이 생태를 지배하는 게 아니라 경우에 따라 지배자가 달라진다는 사실을 밝혔습니다. 그것은 대장균 세 종이 서로 상대방에 대한 강점과 약점을 함께 지녀, 먹고 먹히는 가위바위보의 관계 속에 있기 때문이라는 것이죠. 《네이처》는 "생물의 치열한 경쟁은 자주 한 종이 다른 종을 지배하는 것으로 귀착되는데도, 지구 생물종이 이토록 다양하게 유지되는 것은 놀랄 만한 일"이라며, "생물의 다양성을 가위 바위보로 설명하려는 시도가 나타나고 있다"고 소개했습니다.

유전자 복제
시대의 생물학

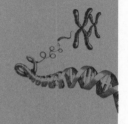

생명과학자 황우석 대담기

이진경 서울산업대 교수

황우석

서울대 생명과학부 교수 | 생명 복제연구(*2004년과 2005년 《사이언스》에 발표한 복제배아 줄기세포 연구는 논문이 조작된 것으로 밝혀져 그는 2006년 3월에 서울대 교수직에서 파면됐다.)

이진경

서울산업대 교양학부 교수 | 근대성과 탈근대성 등 연구, 문화론 연구 | 저서 《근대적 시공간의 탄생》 《노마디즘》 《자본을 넘어선 자본》 등

근대 과학은 모든 것을 계산할 수 있는 것으로 바꾸고자 하는 욕망과 더불어 탄생했다. 17세기, 근대 과학의 탄생기에 사람들은 모든 것을 수학화할 수 있으리라고 믿었다. 그 시대엔 물리학은 물론 음악이나 미술도 넓은 의미에서 '수학'의 일종이었다. 지식이 진전됨에 따라 의학이나 생물학도 충분히 수학적인 게 될 수 있으리라고 믿었다. 과학에서 수학이 중요한 것은 이 때문이다. 그것은 근대 과학의 '이념'이고 '이상'이었다. 이로 인해 과학은 우리의 일상적 지식과 다른 세계를 만들게 된다. 20세기 들어와 과학은 더욱더 우리의 일상에서 먼 곳으로 도망쳤다. 아인슈타인은 자기도 잘 모르는(!) 고도의 수학을 통해서 상대성 이론을 일반화했다.

20세기 생물학도 수학이 없었다면 탄생하지 못했을지도 모른다. 유전학 없는 20세기 생물학을 생각할 수 없다면, 수학 없는 유전학도 생각할 수 없기 때문이다. 유전학에 관한 멘델의 중요한 논문을 사람들이 읽지 않은 것은 단지 그가 아마추어 생물학자라는 이유에서만이 아니었다. 그 논문은 마치 열역학이 기체의 입자를 통계적으로 다루듯이, 콩들의 형질을 통계적으로 분석해서 다루었다. 다윈은 그 논문이 실린 책을 갖고 있었지만, 그 논문만은 읽지 않았다. 그 역시 우리만큼이나 수학을 싫어했기 때문이었다. 사실 다윈은 전 세계를 유랑하는 배를 타고 생물들을 직접 관찰하며 연구했다. 이런 점에서 그는 우리에게 친숙한 생물학자임에 틀림없다. 멘델의 논문에 생물학자들이 다시 주목한 것은 19세기가 거의 끝날 무렵이었다.

　물론 그렇다고 해서 20세기 생물학이 수학의 한 갈래가 되진 않았다. 하지만 이제 생물학은 우리가 아는 생물들을 우리에게 친숙한 방식으로 다루지 않는다. 생물체의 가시적인 특징을 관찰하여 분류하는 게 아니라, 분자생물학, 유전학, 화학의 분석적 기호들로 분해하여 다룬다. 뉴클레오티드라는 화합물, A · T · G · C라는 기호, 그것들의 이중나선으로 만들어지는 디엔에이(DNA), 아르엔에이(RNA)를 통해 옮겨지고 '복사'되는 유전자, 코돈(codon)과 아미노산, 그리고 이러한 것들을 통해 단백질을 합성하는 메커니즘 등의 미세하고 복잡한 과정을 통해서 생물체의 형질을 설명한다. 이런 점에서 생물학의 언어는 수학보다는 차라리 화학이라고 해야 적절할 것이다.

　한편 생물학은 이제 유전자의 배열을 바꾸고 조작하는 기술을 통해서 생물들의 운명을 바꾸는 놀라운 힘과 능력을 갖게 되었다. 그리하여 염소 젖에 거미줄을 넣기도 하고, 토마토와 가자미를 섞기도 하며, 밀이나 옥수수를 '고자'로 만들어버리기도 한다. 혹은 태어날 때부터 암세포를 갖는 새로운 쥐─'온코마우스'라고 부른다─를 만들어내기도 하고, 조그만 혈흔으로 범죄자를 찾아내기도 하고, 공룡처럼 사라진 생물을 복제하는 꿈의 주인공이 되기도 한다. 중세의 마술사를 능가하는 놀라운 능력의 소유자 혹은 끔찍한 결과를 야기할 수도 있는 무서운 힘의 소유자, 그게 어쩌면 지금 우리가 생물학자에 대해 갖고 있는 이미지인지도 모른다.

유전자 권력 시대가 오는가

황우석 박사와 함께 들어간 실험실이 바로 그 이미지가 사는 장소일 게다. 방진복을 입고 쑥스런 방진모자를 쓰고 공기로 샤워를 하고 들어가는 곳. 우리가 사는 세계와 그런 식으로 분리되고 격리된 세계다. 그곳에선 돼지 난소에서 미성숙한 난자를 추출하여 체세포의 핵을 이식하는 과정이 진행되고 있었다. 난소에서 난자를 채취하는 작업대에는 외국인 유학생도 두 명 앉아 있었다. 난자를 기구로 붙잡아 핵을 떼내고, 체세포의 핵을 밀어 넣는 모습이 액정화면으로 '생중계'되고 있다. 그리고 그것은 아마도 복제된 돼지가 되어 우리의 세계로 돌아올 것이다.

　황우석 박사가 설명한 바에 따르면, 이런 실험의 정확도는 아직 매우 낮은 편이다. 단순복제의 경우에는 2퍼센트에서 10퍼센트 정도고, 유전자 변형을 통해 형질을 전환하는 경우에는 더욱 낮아서 0.1퍼센트에서 1퍼센트 정도라고 한다. 성공하는 경우에도 언제나 동일한 결과가 동일하게 반복되지는 않는다. 가령 동일한 난자를 분리하여 만든 다섯 쌍둥이 돼지 중 하나가 다른 것과 달리 흰색 피부를 갖고 태어나는 경우가 그것이다. 이는 복제된 결과물이 이식한 체세포 유전자에만 의존하는 게 아니라, 난자의 미토콘드리아에 있는 유전자나 난자의 세포질 등에도 의존하기 때문이다. 이 때문에 동시에 복제된 것들 사이에 변이와 차이가 있을 수밖에 없는 것이다. 이런 점에서 방금 말한 실험의 '정확도'는 동일한 유전자를 이식해도 90퍼센트 이상이 다른 결과를 낳는다는 것을 보여주는 셈이다. 번식이나 복제라는 생물학적 반복은 차이가 우글거리는 세계인 것이다.

사실 20세기 후반의 과학사에서 '유전자'라는 개념만큼 대중적 영향력을 행사하는 개념이 있을까? 최근에는 '우울증 유전자', '비만 유전자', 심지어 '불륜 유전자'까지 발견되었다는 기사를 본 적이 있다. 범죄 수사나 친자 감별에 사용되는 유전자 감식도 그렇다. 유전자가 생물체의 모든 것을 결정한다는 것은, 옳고 그름을 떠나 상식이 되었다. 물론 모든 상식이 그렇듯, 이 상식 역시 부분적으로만 타당하다. 그러나 상식은 그런 치밀함을 요구하지 않는다. 그 결과 어떤 것도 유전자 개념을 들이대면 할 말을 잃게 되었다.

가령 얼마 전에 북한에서 일본으로 송환된 일본인의 유해가 그 유전자를 분석한 결과 본인의 것이 아니라고 하여 일본 전체가 들끓는 거대한 소동이 일어났음을 우리는 알고 있다. 그러나 그들에게 주어진 조건에서 이뤄진 유전자 분석으로는 사실을 정확히 확인할 수 없음이 나중에 밝혀졌고 그것을 분석한 연구소에서도 그것을 인정했지만, 그건 이미 별다른 관심거리가 되지 못했다. 유전자 분석이 유골을 갖고도 본인 여부를 가릴 수 없을 것이라는 말을 대체 어떻게 믿을 수 있단 말인가. 유전자는 이제 다른 개념이나 다른 가능성 들을 침묵 속에 가두는 거대한 권력을 갖게 된 것이다.

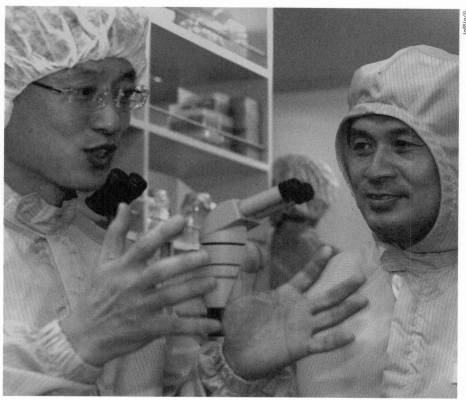

황우석 박사(오른쪽)와 이진경 교수가 황 박사의 실험실에서
유전자 복제에 담긴 생물학과 철학의 의미에 관해 이야기를 나누고 있다.

유전자를 다루는 황우석 박사는 이런 '유전자 담론'에 대해 오히려 매우 비판적이다. 지금까지 유전자를 연구하여 우리가 알아낸 것은, 언어로 치면 한글 자모음을 알게 된 정도에 지나지 않는다는 것이다. 그것으로 생명의 비밀을 알았다고 생각하는 것은 엄청난 오만이고 과장일 것이다. 생명의 비밀을 밝혀주리라는 꿈을 갖고 시작된 이른바 '게놈 프로젝트'가 '완결'되었지만, 그것은 거꾸로 유전자 배열만으론 알 수 있는 게 별로 없다는 아이러니한 결론으로 귀착되었다. 더구나 그것은 인간의 유전자 개수가 양파나 짚신벌레보다 훨씬 적다는 것을 보여줌으로써, 유전자 개수와 생물의 '진화' 사이에 비례 관계가 있으리라는 당연해 보이는 가정을 여지없이 박살내버렸다.

유전자 만능론 식의 생각이 대중매체들을 통해, 그리고 '유전자'라는 단어 자체가 함축하는 '개념적 환상'을 통해 유포되고 부풀려진 것은 분명하다. 아마도 이런 환상을 대량으로 증폭하는 데 결정적으로 기여한 것이 영화 〈쥬라기 공원〉이라고 해야 할 것이다. 유전자만 있으면 공룡도 복제할 수 있다! 이 역시 이미 '상식'에 속하는 이야기가 되었다. 그러나 이는 영화에서나 이뤄질 만한 턱없는 상상이다. 훌륭하게 보존된 공룡 유전자가 있더라도, 살아 있는 공룡 알이 없으면 공룡을 복제할 수 없기 때문이다.

그러나 분자생물학이나 유전공학이, 생명과 기계가 근본적으로 다르다고 보던 오래된 통념을 깨부순 것만은 분명하다. 노벨상 덕분에 잘 알려진 프랑스 생화학자 자크 모노(Jacques L. Monod, 1910~1976)는 세포를 '화학적으로 작동하는 기계'라고 정의한 바 있고, 그의 동료 프랑수아 자코브(François Jacob, 1920~)는 생명을 특별한 '실체'로 보는 것은 이제 불가능하며, 생명과 기계가 근본적으로 하나가 되었음을 역설한 바 있다. 왜냐하면 생명 현상의 가장 근원적인 지점인 유전 메커니즘이, 아데닌, 티민, 시토신, 구아닌 같은 화합물들이 기계적인 배열을 달리함에 따라 유전형질이 결정되고 변화되는 '기계적 과정'임이 드러났기 때문이다. 다시 말해 생명은 그 심연에서 기계적인 과정을 통해 만들어지고 변화된다는 것이다. 이와 다른 영역이지만 컴퓨터와 기계도 번식이나 기억같이 통상 생명체의 본질이라고 생각되던 특징을 갖는 프로그램을 만들어 그에 따라 발전하며, 그것 역시 생명체처럼 스스로 진화하고 변이한다는 것을 보여주고 있다. 이 역시 기계와 생명을 가르던 오래된 경계선을 또다시 허물고 있는 게 아닐까?

원본의 중요성?

황우석 박사 역시 유전학의 발전이 생명에 대한 고정된 통념으로는 또다른 생명을 이해할 수 없음을 알게 해주었다고 인정한다. 그러나 그렇다고 해서 생명과 기계의 경계가 사라졌다고 볼 순 없다고 말한다. 생명이란 물질과 정신에 무엇인가가 더해진 것이어서, 기계적으로만 볼 수 없는 영역이 있다고 말한다. 그게 생명이 숭고한 이유라는 것이다. 세간의 상식 안에 있는 것일까? 아니면 그것과 화해하려는 것일까? 그래서인지 생명과 기계의 경계가 무너지는 또 하나의 지점인 인공생명에 대해서 그는 그다지 관심이 없어 보인다. 그렇지만 유전학이나 인공생명 연구가 그런 바람의 범위 안에, 생명과 기계의 넘을 수 없는 선 안에 머물러줄는지는 알 수 없는 일이다.

분명 유전자 복제가 함축하는 또 하나의 중요한 주제는 원본과 복제의 관계에 대한 것일 게다. 단순화하면, 복제된 것이 원본보다 우월한가, 그렇지 않은가 하는 것이다. 복제가 원본을 복제하는 것이라면 그것의 최고 이상은 원본과 동일하게 되는 것일 테니, 아무리 훌륭하게 복제된 것이라 해도 원본보다 나을 순 없을 것이라는 것이 우리의 상식이다. 사실 원본의 우월성에 대한 이러한 관념은 서양의 경우 플라톤이 제기한 이래로 오래 지속되어왔다. 플라톤에 따르면 우리가 사는 현실은 저기 피안의 세계인 '이데아'의 복제, 언제나 불완전하기 마련인 복제다. 우리는 그 복제 안에서 다시 무언가를 복제한다. 그런 복제가 이데아를, 원본을 지향해야 한다는 건 당연한 일이다. 원본과 멀어지는 복제, 혹은 원본을 지향하지 않는 복제, 그것은 현실을 타락시키는 행위로서 비난받아 마땅하다.

그러나 최근의 철학이 플라톤주의를 비판하면서 원본으로 회귀하는 길을 끊어버린 것은 잘 알려진 사실이다. 원본 없는 복제, 혹은 원본보다 더 원본 같은 복제가 '포스트모던 시대'의 대표적 징후 아닌가! 프랑스 잡지를 복제한 한국의 잡지, 그 잡지에 등장하는 의상을 복제하는 의류업자, 그 의상을 입으며 자신만의 개성을 창출한다고 믿는 소비자, 길거리에서 그런 사람들을 보고 비슷한 옷을 사고 비슷한 스타일로 옷을 입는 사람들. 그게 어디서 시작된 것인지, 무엇 때문에 그렇게 해야 하는지는 아무도 관심 갖지 않는다. 그렇다고 그대로 베끼기만 하리라고 생각하면 순진한 것이다. 몇몇 복제들을 섞어 좀더 그럴듯한 복제를 만든다. 이어지는 복제는 '보충'을 수반하는 것이다. 유전자를 복제하는 것도 마찬가지다. 그것은 원래 있던 것을 복제하지만, 아울러 좀더 나은 결과를 얻기 위한 조작과 변형을 포함한다. 따라서 이렇게 말할 수 있다. '복제는 보충이다.'

반면 황우석 박사는 원본의 중요성은 시대를 초월해서 강조되어야 한다고 힘주어 말한다. 적어도 지금 수준에서 변형된 복제본은 원본에 비해 현재의 자연환경에 대해 아주 열악한 능력을 갖고 있어서 기형이나 원인 모를 급사, 비자연적 발육 등이 빈번하게 나타난다는 것이 그 이유다. 반면 원본은 수천 년 동안 환경에 적응한 것이어서 안정적이라고 한다. 그런데 그것이 '지금 수준'의 문제라면, 장기적으로는 어떨까? 이에 대해 장기적으로는 더 나아질 가능성이 있다고 그는 말한다. 시간은 복제본의 편인 셈이다.

자연과 반자연 사이의 줄타기

황우석 박사는 줄기세포를 이용해 세포를 치료한다거나 장기이식용 복제동물을 생산하는 일은 '좀더 나은 것을 만들려는 것이 아니라 손상된 (인간의) 신체를 자연 상태로 되돌리려는 것'임을 역설한다. 하지만 병이 없는 상태, 결함이 없는 상태가 자연 상태일까? 아니면 병이나 결함이 있는 상태를 인위적으로 손대지 않고 그대로 두는 것이 자연 상태일까? 여기서 그는 "개량이란 동식물의 생산성을 높이는 것이다. 그렇다면 인간에게는 개량이지만 자연('당사자')의 관점에서 보면 개악"이라는 인상적인 말을 덧붙인다. 지나치게 젖이 많이 나오는 젖소나, 너무 이삭이 많아 바람이 조금만 세게 불어도 꺾어지는 벼가 그런 경우다.

'개선'이라는 말은 결국 모든 것을 인간을 중심으로 생각하고 가치를 부여하는 '인간 중심주의'의 한 자락인 셈이다. 그런데 장기이식용 돼지는 더한 경우 아닐까? 이를 '자연 상태'로 되돌리려는 것이라고 말한다면, 그 자연 상태 역시 '인간적인, 너무나 인간적인' 관념 아닐까? 물론 황우석 박사는 '개량'이라는 이름의 이 '반자연적이고 인위적인 노력'에 대해 비판적이다. 이 점에선 '자연 상태'에 대한 지향성을 보여준다는 점에서 일관성을 갖는다. 그러나 결함 없는 상태를 위한 인간의 개량과 그런 인간을 위한 동식물의 개량이 근본적으로 다른 것이 아니라면, 우리는 '자연 상태'와 '개량이라는 이름의 반자연적인 노력' 사이에

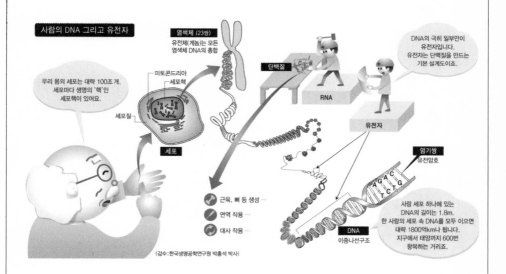

사람의 DNA 그리고 유전자

사람의 디엔에이 그리고 유전자

유전자 복제 시대의 생물학 **183**

서 동요하는 것을 피하기 어려울 듯하다.

알다시피 생물학의 문제는 종종 진화의 문제로 귀착되는 경우가 많다. 적어도 진화의 문제와 연결되지 않는 생물학의 문제는 없는 듯하다. 아마도 그것이 진화론이 생물학에서 그토록 포괄적인 중요성을 갖는 이유일 것이다.

유전자 복제라는 문제 또한 이와 밀접한 연관을 갖는다. 왜냐하면 복제와 형질 변환은 생물들의 유전형질을 바꾸는데, 그 변화된 형질은 유전자 자체 수준에서 발생한 것이기 때문에 당연히 세대를 이어가며 유전된다. 그런데 새로운 점은 이전과 달리 유전자 복제가 '종'이라는 단위보다 훨씬 근본적이고 하부구조적인 것이라는 사실이다. 즉 알다시피 유전자 복제는 이미 상이한 종들의 유전자를 섞어서 새로운 형질을 만들어낸다. 거미줄 원료를 생산하는 염소, 가자미 유전자를 가진 토마토, 인간의 신장을 생산하는 돼지 등등.

그런데 이처럼 만들어진 유전형질이 상이한 종의 유전자를 섞는 것이라면, 그러한 형질을 갖고 탄생한 생물은 이미 기존의 종의 벽을 넘어서고 있는 게 아닐까? 좀더 나아가서 말처럼 빨리 달릴 수 있도록 말의 다리를 가진 염소나 혹은 물속에서 오래 수영할 수 있도록 아가미를 가진 고양이 등이 탄생한다면 어떨까? 그것 역시 유전자 수준에서 변화된 형질이니 당연히 유전될 것이다. 그리고 그들이 자연교배되고 대를 이어 재생산된다면 하나의 독립적 형질로, 아니 새로운 독립적 '종'으로 굳어질 것이다. 그렇다면 이제 진화는 종의 벽 안에서 진행되는 게 아니라 종을 가로지르면서 진행되는 게 아닐까? 그리고 그러한 진화에서 자연환경 이상으로 인간의 조작이 결정적인 역할을 하는 게 아닐까? 자연도태가 그 뒤에 작용한다고 해도, 진화의 일차적 요인을 자연 이전에 이미 유전학자들의 실험실이 차지하는 건 아닐까?

또 다른 진화의 경로가 생겨나는가

물론 유전자라고 해서 아무것이든 섞을 순 없으며, 수용할 수 있는 유전자와 그렇지 않은 유전자가 있을 것이다. 황우석 박사 역시 이를 지적한다. 즉 어떤 생물이 수용할 수 있는 유전자란 자신의 것이 아닌 유전자와 '공생'할 수 있는 것을 뜻하며, 그렇게 해서 생존할 수 있다는 것은 자연 생태계에서 수용할 수 있는 것임을 뜻한다고 한다. 유전자의 수준에서 공생. 그러나 그것은 종의 벽을 뛰어넘는 것이라고 할 수는 없다는 게 그의 생각이다. 여기서도 그는 세인의 '양식'에 훨씬 가까워보인다. 그의 '철학'이 그래서일까? 아니면 그 동안 감수해야 했던 많은 비판적 시선 속에서 그렇게 보게 된 것일까? 세인의 양식('여론')을 거슬러서는 실험조차 할 수 없을 정도로 생물학 자체가 충분히 정치적인 것이 되었기 때문인지도 모른다.

하지만 다른 박테리아에게 잡아먹혔지만 '소화되지 않은 채' 살아남은 박테리아가, 그를 잡아먹은 박테리아와 공생하게 되면서 핵이 있는 생물이 탄생했음을 우리는 알고 있다. 우리 세포 속의 미토콘드리아나 식물세포의 엽록체는 이처럼 다른 생물체 안에 살며 공생하게 된 박테리아에서 기원한다. 박테리아의 공생이 완전히 새로운 종류의 생물을 탄생하게 한 것이다. 이러한 진화가 박테리아나 원핵생물 같은 '종'을 둘러싼 벽을 뛰어넘는 것이었음을 부정할 수 있을까? 상이한 생물의 유전자가 섞이는 것은 이보다도 더 근본적인 차원에서 상이한 종이 섞이는 것이고, '공생'하게 되는 것이다. 그렇다면 유전자의 '공생' 역시 새로운 종이 탄생하거나 종의 벽을 넘는 진화의 선을 그리는 것이라고 해야 하지 않을까?

이러한 사실들은 결국 자연적 진화와는 또 다른 진화의 경로가 하나 더 존재하게 되었음을 뜻하는 것으로 보인다. 생물학은 이제 진화에 대해 연구하고 설명하는 데 머물지 않고, 진화를 야기하고 그 과정에 관여하는 적극적인 요인이 된 셈이다. 이는 아마도 유전자 복제와 변형을 통해 생물학 자체가 변형되어야 함을 뜻하는 것일 게다. 물론 그 진화의 과정과 결과가 생물학자나 유전학자 들이 생각하는 방향으로 진행될 것이라고 생각할 순 없지만 말이다.

더욱이 인위적으로 탄생한 것들과 자연적으로 존재하던 것들 사이에 새로운 **교배**가 발생하지 않을 것이라고 대체 누가 말할 수 있을 것인가?

생물학과 생물체의 '공진화(共進化)', 아니면 인간과 생물체의 공진화? 유전자 변형은 이미 생물학의 경계를 넘어서기 시작한 건지도 모른다. 〈공각기동대〉의 구사나기 소령 식으로 말해보자. "자, 어디로 갈까? 변이의 바다는 넓고도 광대해!"

덧붙여 :

그 이후……

이 글은 원래 2004년 《사이언스》에 논문을 발표한 직후인 9월에 황우석 박사와 인터뷰를 한 뒤 쓴 것을, 책을 내기 위해 분량을 늘여서 고쳐 쓴 것이다. 그 원고를 넘긴 후 2005년 6월에 또 한 번의 《사이언스》 논문 발표로 황우석 박사는 다시 한번 스타가 되었고, 급기야 '국민과학 자'가 되었다. 그러나 그 해 말, 잘 알다시피 그는 '희대의 사기꾼'으로 추락했다. 지금도 논란은 끝나지 않아, 현재진행형이다.

그가 스타이던 시절에 쓴 글을, '희대의 사기꾼'이 된 이후에 그대로 내는 것이 가능할까? 그러나 글을 고치는 게 어떻겠냐는 배려 어린 제안에, 나는 그냥 내는 게 좋겠다고 대답했다. 이유는 먼저, 저 급격한 전변 속에서, 응수할 수 있는 조건을 잃은 사람에게 그나마 원고마저 고쳐가며 비난하는 것이 부당하다고 생각했기 때문이다. 하지만 좀더 근본적인 것은, 별로 고치지 않아도 좋다고 생각했기 때문이었다. 사실 2004년의 논문을 발표한 이후 그와 인터뷰를 했을 때, 그는 한편에

선 스타로 부상하기 시작했지만, 생명 복제에 대한 비판에 본격적으로 시달리기 시작하고 있었다. 그래서인지 그는 이런저런 질문에 대해 생명 복제를 실행하는 사람이면서도 생명의 존엄성이나 복제의 문제점, 원본의 중요성 등 모든 문제에 대해서 너무도 전통적인 관점에서 대답했다. 생명 복제에 대한 신학적인 접근이나 인간 복제에 대한 인간 중심주의적 접근 모두에 대해 매우 다른 생각을 갖고 있던 나에게 그것은 생명공학이나 생명과학자로서 자신이 이미 넘어가버린 과거의 세계에서 말하는 것처럼 보였고, 자신이 행하고 있는 것조차 설명할 수 없는 관점에 머물러 있는 것으로 보였다. 너무 신중한, 혹은 소심한 것이거나, 아니면 너무 보수적인 생각들로 보였다.

따라서 《한겨레》에 기고한 글이나 그걸 고쳐 쓴 이 글에는 황우석 박사와 내 생각 사이의 거리가 충분히 드러나 있었다. 그것은 황우석 박사의 실험이 진짜냐 가짜냐를 떠나서 성립되는 논점이다. 왜냐하면 그것은 황 박사의 실험이나 성과에 대한 평가가 아니라, 현재의 생명공학이나 생명과학에 대한 관점의 차이기 때문이다. 따라서 그 글은 황 박사가 최고의 스타든, 반대로 최대의 '사기꾼'이든 별로 고쳐쓸 게 없었다. 그래서 몇 번의 부침이 있었지만 어느 경우에도 고쳐쓰겠다는 생각을 하지 않았고, 결국 2004년에 쓴 그대로 발표하게 된 셈이다.

그렇지만 황우석 박사와 인터뷰를 했다는 '죄'로, 그간의 사태에 대한 약간의 소감을 적어두어야 할 듯한 느낌은 피할 수 없다. 일단 나는 황우석 박사에 대한 '전부 아니면 전무' 식의 비판은 부적절하다고 생각한다. 하지만 황 박사가 연구결과를 '증폭'하고 거짓말을 한 것은 분명 사실이며, 그것이 일부 과학계의 '관행적' 요소를 포함하는 게 사실이라고 해도 그것은 결코 용인될 수 없는 것이라고 믿는다.

그러나 이런 진위 여부보다 좀더 중요한 것은 무엇이 황 박사 사건을 과학계의 국지적인 사건이 아니라 한국 전체를 떠들썩하게 만든 사건이 되게 만들었는가 하는 점이다. 그것은 그의 연구가 이후 생명산업과 관련해 거대한 부의 원천이 될 것이라는 사실과 관련되어 있다. 그것이 그를 막대한 연구비를 받는 국민적 스타로 만들었고, 그것이 그로 하여금 연구결과를 과장하고 조작하게 했으며, 그것이 노즈메디 병원 측이나 새튼 같은 사람들이 황 박사와 공모하게 만들었고, 그것이 심지어 피츠버그 대학이 새튼에게 면죄부를 주게 한 이유일 게다. 황 박사의 지지자들이나 그의 '사기극'을 물질적으로 지원한 모든 사람들이 이런 기준을 공유하고 있었음은 길게 말할 필요가 없을 것이다. 더 심각한 것은 그 비판자들조차 그의 연구를 스캔들로 몰고 간 이 문제에 대해서는 아무도 비판하지 않는다는 점이다.

나는 생명 복제와 관련하여 가장 심각한 문제가 제기되어야 할 지점은 이와 관련되어 있다고 믿는다. 그것은 인간을 복제해도 되는가, 즉 신의 권리를 침범해도 되는가 하는 신학적(!) 문제가 아니라, 국민의 예산을 동원해 연구하는 세포치료기술조차 실제로는 돈 많은 자들을 위해서만 사용될 수 있을 뿐이라는 것, 그것이 돼지나 동식물의 '생명'을 착취하여 거대한 잉여가치의 원천으로 만들고 말 거라는 것, 그 경우에 이제 생명체의 몸('고기!')만이 아니라 생명 자체가 이윤을 위해 착취되는 끔찍한 사태로 이어질 거라는 것과 결부되어 있다. 생명 복제의 시대, 그것은 생명 자체가 이윤으로 다루어지고 생명력 자체가 착취되는 시대일 것이다. 그리고 그것은 잘 알다시피 코앞에 닥쳐왔다. 황우석 사건은 바로 이런 사실들을 알려주고 일깨워주는 징후적 사건이라고 해야 하지 않을까?

유전자 연구

오철우 《한겨레》 기자

요즘 과학계에서 눈부신 발전을 이루는, 과학의 주역으로 떠오른 분야를 하나만 꼽으라면 단연 '생명과학'일 겁니다. 눈에 보이는 생물 개체나 현미경으로 관찰되는 세포의 수준을 넘어 단백질 · 유전자 · 염기서열 수준까지, 나아가 아예 생명의 작동원리가 새롭게 해석되고 있습니다. 살아 움직이는 세포 안에서 실제로 일어나고 있는 생화학 반응까지 들여다보는 실험기법과 실험장치가 개발될 정도니까, 신비의 상자 속에 그토록 꼭꼭 숨겨져 있던 생명의 수수께끼들은 생화학의 반응기호들을 통해 하나둘씩 속속 밝혀질 것 같습니다. 그야말로 생명과학의 혁명적 시기인 듯합니다. 생명과학에서도 가장 중심적인 지위를 누리는 것을 하나만 꼽으라면, 그것은 아마도 유전자일 것입니다.

유전자와 디엔에이(DNA, 디옥시리보핵산)는 생명 현상을 이해하는 데 절대적 지위를 누리고 있습니다. 이런 절대적 지위 탓에 여러 오해들도 생겨납니다.

유전자가 외모는 물론 지능과 기질, 질병까지도 직접 결정한다는 '유전자 결정론'이 풍미하면서 우생학적 인간을 추구하는 사회적 폐해를 낳기도 합니다. 이런 경향은 지금도 여전하지요. 비만 유전자, 창의성 유전자 같은 이름은 마치 특정 유전자를 골라 선택적으로 부품을 갈아 끼우듯이 '수선'하면 훨씬 더 성능 좋은 육체를 지닐 수 있다는 믿음을 은연중에 확산시킵니다. 유전자 없이는 생명을 존속하거나 형질을 유전할 수 없으므로, 유전자가 생명 현상에서 절대적으로 중요한 일을 하는 건 사실입니다. 하지만 특정 유전자를 고친다고 특정한 형질이 모두 바뀔 수 있는지는 여전히 의문시되고 있을 뿐만 아니라, 유전자만으로 모든 생명 현상을 다 설명할 수 있다는 식의 믿음은 유전학자들 사이에서도 완전히 설득력을 얻지 못하는 형편입니다. 유전자가 할 수 있는 일과 할 수 없는 일은 무엇인지, 그것이 복잡다기한 생명 현상에 얼마나 개입하고 있는지는 여전히 논쟁적 주제라는 얘기입니다. 그만큼 그대로 맹신하기에는 유전자 결정론이 아직 위험하고도 허술한 점을 많이 지니고 있다는 얘기겠죠.

오히려 요즘엔 유전자와 환경의 상호작용에 관한 연구도 많이 이뤄지고 있습니다. 환경의 영향을 더욱더 강조하는 분위기도 높아지고 있습니다. 고등동물일수록 특히 사람이 환경으로부터 받는 영향은 더 큽니다. 이런 주장은 암 유전자를 지니고 있다고 해서 모두 암에 걸리는 것은 아니라는 사실, 일란성 쌍둥이도 다른 환경에서는 전혀 다른 사람으로 자란다는 사실 등을 내세워 환경의 중요성에 관심을 돌리라고 말합니다.

이병재 서울대 교수(생명과학부)는 "유전자가 있어야 그 기능이 발현될 수 있지만, 어떤 유전자를 지닌다는 사실만으로 어떤 유전형질이 꼭 나타난다고는 볼 수 없다는 게 정설"이라며, "많은 경우에 환경이 유전자에 작용하고 유전자가 반작용하면서 유전형질이 발현된다"고 말합니다. 이 교수는 "생명 현상은 유전자와 환경의 이중주"라고도 말합니다. 유전자에 잠재되어 있는 어떤 형질이 작용과 반작용에 의해 비로소 구현된다는 얘기입니다.

유전자 가운데 핵심을 차지하는 물질인 디엔에이의 구실에 대한 학자들의 해석도 변화를 겪어왔습니다. 디엔에이를 유전정보의 '절대중심'쯤으로 여기던 시각이 요즘 과학계에서는 크게 수정되었습니다.

대표적 사례가 1970년대까지 생물학계에 널리 퍼져 있던 '중심 도그마' 이론입니다. 이 이론에 따르면, 유전정보는 디엔에이에만 저장돼 있으며, 그 유전정보가 전달되는 방식은 언제나 '중심'인 디엔에이에서 시작되어, 아르엔에이(RNA)를 거쳐 생명을 조절하는 물질인 단백질을 만들어내는 것으로 해석됐습니다. 하지만 이후 현대 과학은 유전정보가 아르엔에이에도 존재하여 아르엔에이에서 디엔에이로 거꾸로 전달되기도 하며, 아르엔에이가 능동적 구실을 하기도 한다는 사실을 밝혀냈습니다. 유전정보는 완전히 한 방향으로만 흐르지 않는다는 것입니다. 최근에 아르엔에이 분야에 대한 연구가 조금씩 늘어나는 이유도 유전자의 세계가 디엔에이만 주도하는 것이 아니라는 점이 작용했기 때문은 아닐까요.

그러므로 과학적 주장을 내세우는 사람들이 유전자, 특히 디엔에이에 대해 강렬한 믿음을 보이는 것은 사실 과학적이지도 않으며, 매우 위험한 이야기인 것입니다. 진짜 과학을 하는 사람들은 유전자와 디엔에이의 작용원리와 구실에 대해 말할 때에 신중한 자세를 취할 것을 요구합니다.

좀 다른 이야기지만, 사람의 유전자는 연구하면 할수록 더욱더 흥미진진한 궁금증들을 일으킵니다. 그 중 하나가 사람 유전자의 수입니다. 얼마 전에 사람의 유전자 수가 파리 수준인 2만 개에서 2만 5천여 개에 지나지 않는다는 미국·영국 등 국제공동연구팀의 분석결과가 저명한 과학잡지 《네이처》에 발표됐습니다. 만물의 영장인 사람의 유전자 수가 파리와 비슷하다는 것은 생물학적으로 어떤 의미일까요?

여러 해석들이 나옵니다. 먼저 사람 유전자 하나하나의 기능이 생각해오던 것보다 더 뛰어나다고 볼 가능성이 커졌습니다. 미생물유전체 활용기술개발사업단 오태광 단장은 "사람과 초파리의 유전자 수가 비슷하다고 해도 유전자가 만들어내는 단백질의 종류는 여전히 사람이 훨씬 더 많다"며, "결국 규모가 비슷하다 해도 유전자의 '품질'이 크게 다를 수 있음을 보여주는 것이다"라고 풀이합니다.

아울러 유전체(게놈) 안에 존재하지만 유전자의 기능은 하지 않는, 이른바 '정크(쓰레기) 디엔에이'라는 부분을 다시 생각하자는 얘기도 나옵니다. 정크 디엔에이는 유전체의 디엔에이 염기서열 가운데, 우리 몸을 조절하는 유전자로 작용하지 않는 디엔에이로서 대략 98퍼센트 이상을 차지하는 것으로 추정돼왔습니다. 이런 정크 디엔에이는 쓸모 없이 자리만 차지하는 것일까요? 최근의 학설은 '아니다' 쪽에 가깝게 다가서고 있습니다.

사람과 침팬지의 유전체를 비교하여 분석하는 박홍석 한국생명공학연구원 박사는 "정크 디엔에이는 미생물엔 거의 없고 고등동물일수록 대부분을 차지한다"라며, "대체로 유전자를 보호하는 기능을 하는 것으로 여겨지고 있다"고 말합니다. 특히 그는 사람과 침팬지가 서로 다르게 진화한 것도 정크 디엔에이 때문이라는 연구결과를 한국과 일본의 공동연구를 통해 밝힌 바 있는데, 그는 "정크 디엔에이 가운데 유전체 안에서 여기저기 자리를 옮겨다니며 돌연변이를 일으키는 것들('점핑 디엔에이')이 사람과 침팬지가 분화하는 데 크게 기여한 것으로 분석된다"라고 말합니다. 물론 정크 디엔에이가 별 구실을 하지 않는다는 실험결과도 많아 논란이 계속되고 있습니다.

아름다움에
숨겨진 공식을
풀다

수학자 계영희 대담기

유홍준 문화재청장

계영희

고신대 수학과 교수 | 위상수학 전공, 수학사와 미술·컴퓨터 기하학 등 연구 | 저서 《수학과 미술》 《우리 아이 수학 가르치기》(공저) 《수학을 빛낸 여성들》(공역)

유홍준

문화재청장, 미술사학자 | 미학 및 미술사 전공 | 저서 《조선시대 화론 연구》 《나의 문화유산 답사기》 《화인열전》 《완당평전》 등

과천 국립 현대미술관에서 처음 만난 수학자 계영희 교수에게 내가 건넨 첫 질문은 "미술의 창으로 본 수학이 아니라 수학의 창으로 본 미술이 더 재미있고 내용이 풍부하지 않을까요?"였다. 이에 계 교수는 느릿하지만 명확한 어조로 "그렇겠지요"라고 대답했다.

실제로 미술에 관심 있는 수학자들은 끊임없이 수학의 창으로 본 미술을 이야기해왔다. 최근 우리말로도 번역된 《다 빈치의 유산(Math and the Mona Lisa)》이라는 저서에서 뷜렌트 아탈레이(Bülent Atalay)는 "다 빈치의 〈모나리자〉에는 자연에 내밀하게 감추어진 황금 직사각형과 황금 삼각형의 신비가 숨겨져 있"음을 증명해냈다. 계영희 교수 역시 이 방면에 많은 논문을 발표한 수학자이다. 아마도 수학자란 거의 생리적으로 문제 풀기를 좋아하는 속성을 지녔기 때문이 아닐까 생각된다.

미술과 수학 모두 시대정신을 구현

이에 반하여 미술가들은 수학의 경지를 동경하고 수학에서 이끌어낸 증명과 원리를 미술이라는 형식 속에 원용했을지언정, 수학이 하는 그 어려운 일에 감히 간섭해본 역사가 없다.

나의 경우 고등학교 3학년 때 대학입시를 위해 배운 《수학 I》의 상식이 고작이어서 미적분이 어떤 묘기를 갖고 있는지 모르고, 시그마(Σ)의 개념도 모른다. 훗날 아들이 중학교에 다니면서 수학 숙제를 하다가 집합 문제를 내게 물어왔을 때, 내가 한 대답은 "집합이 군대용어지 그것도 수학용어냐"였다.

그러나 미술사를 공부하면서 나는 미술이 수학에 얼마나 많은 신세를 졌는가를 명확히 알고 있게 되었고, 한국미술사 수업시간에 석굴암의 구조와 불국사의 가람 배치를 설명할 때면 어김없이 유클리드의 기하학을 내 입으로 말하고 있다.

황금 분할, 그 황금 분할을 인체에 적용한 이상적인 인체비례, 이른바 카논(canon)은 미의 수학적 증명이다. 기원전 4세기에 그리스의 폴리클레이토스(Polycleitos)가 제시하고 기원전 1세기에 로마의 비트루비우스 폴리오(M. Vitruvius Pollio)가 남긴 카논은 인체의 비례에서 부분과 부분, 부분과 전체의 조화를 명쾌하게 규정짓고 있다. 얼굴은 키의 8분의 1, 이마에서 턱까지는 10분의 1, 가슴은 4분의 1, 발은 10분의 1일 때가 이상적이며 입의 길이는 눈의 1.5배가 되어야 한다고 했다.

그리스 고전미술의 3대 미덕이라고 하는 비례(proportion), 대칭(symmetry), 조화(harmony)라는 것도 기하학에 뿌리를 둔 것이다. 수학이 미술의 모든 것을 말해주는 것은 아니지만, 모름지기 수학으로 증명되지 않는 것은 적어도 고전 미술이라고 할 수 없다.

미술사학자 유홍준 문화재청장(오른쪽)과 수학자 계영희 교수가
국립 현대미술관 전시장 중심에 있는 백남준 씨의 작품 〈다다익선〉 앞에서
미술의 역사에 개입하는 수학, 수학으로 해석되는 아름다움에 관해 이야기하고 있다.

19세기 집합론, 점묘법과 소통하다

유클리드 기하학의 원리는 꼭 그것을 배우고 익혀야 조형적으로 구현되는 것은 아니었다. 비례와 대칭과 조화를 추구하는 고전 미술이라면 그것이 어느 시대, 어느 민족의 미술이든 다 나타나는 현상이었다.

우리나라 통일신라 시대 석굴암의 구조와 불국사의 가람 배치는 1930년대에 요네다 미요지(米田美代治)라는 측량기사에 의해 훌륭하게 증명되었다. 석굴암이 12자를 기본으로 하여 정사각형과 그 대각선인 $\sqrt{2}$의 응용, 정삼각형 높이의 응용, 원에 내접하는 육각형과 팔각형 등의 비례구성으로 이루어졌음은 너무도 유명한 사실이다.

신라 사람들은 정십이면체에 대한 정현(正弦) 법칙, 다시 말하면 '사인(sin) 9도'에 대한 정확한 값을 어떤 방식으로든지 구할 수 있었기 때문에 그와 같은 완벽한 돔을 축조할 수 있었다.

여기까지는 굳이 수학자의 도움 없이도 잘 알 수 있다. 그러나 그 다음부터는 수학자의 힘을 빌리지 않고는 이해할 수 없는 것이 너무도 많다. 나는 그것을 계영희 교수에게 물었다.

"고전 미술과 수학의 관계는 충분히 이해합니다만, 17세기 바로크 시대로 들어서면 그런 고전의 규범들이 모두 붕괴되는데, 그래도 수학이 미술의 아름다움을 증명할 수 있습니까?"

나의 단도직입적인 질문에 계 교수는 주저 없이 대답했다. "물론이죠. 17세기로 들어서면 수학도 큰 변화를 일으킵니다. 데카르트의 해석기하학, 뉴턴의 미적분학, 파스칼의 확률, 갈릴레이의 역학 등이 모두 이 시대에 일어납니다. 2천 년 동안 진리라고 믿어온 수학, 즉 유클리드 기하학으로는 도저히 이해할 수 없는 시대로 돌입한 것이죠."

"무엇이 그런 전환을 가져왔죠?"

"그것은 이 시대에 수학이 탐구하는 주제가 시간, 운동, 속도로 바뀐 것과 관계가 있습니다. 이 무렵 케플러의 행성궤도가 타원이라는 것이 발견됐는데, 이는 그리스 기하학으로는 그릴 수 없었죠. 직선이나 곡선을 방정식이나 함수로 표현하게 되니까 기하문제가 대수문제로 바뀌었습니다. 이때 가장 중심적 역할을 하는 것은 변수였습니다. 변수란 운동하는 물체의 위치를 순간순간 나타내주는 편리한 개념입니다."

미술사에서 바로크 양식이 꽃핀 17세기는 빛과 움직임의 세기라고 부른다. 빛의 구도를 구현한 렘브란트의 그림, 움직임과 포즈를 통해 감정을 전달하는 작품이 이 시대 수학과 일치한다는 얘기다. 듣고 보니 맞아 떨어진다. 나는 계속 물었다. "본래 수학은 원리의 탐구 아니던가요?"

"물론입니다. 그러나 그 시대에 어떤 원리가 요구되는가에 따라 수학자의 질문은 바뀝니다. 수학의 탐구는 수에서 공간으로, 공간에서 논리로, 또 논리에서 무한으로 그 관심과 영역을 줄곧 넓혀왔습니다. 그리고 19세기 말 수학자 칸토어(Georg Cantor, 1845~1918)는 집합론을 내놓

습니다. 수학의 역사는 여기서 큰 분기점을 이루는데, 공교롭게도 후기
인상파 쇠라의 점묘법이 같은 해에 그려집니다. 수학에서 점들의 집합이
함수에서 2차원 곡선, 3차원 곡면이 되듯이, 회화에서는 점의 집합이 인
물과 풍경으로 됩니다."

"그러면 20세기 추상미술의 시대에 수학은 어디로 갔나요?"

"위상기하학이라고 불리는 토폴로지(Topology)로 등장하죠. 수학자
힐베르트(David Hilbert, 1862~1943)는 공리적 사실을 단지 게임의 규칙
정도로 여기며 수학을 전개해갔습니다. 토폴로지에 의하면 곡선이 곧 직
선이 될 수 있습니다."

충분조건 아닌 필요조건

알다가도 모를 이론이다. 마치 추상미술이 알다가도 모를 그림처럼 말이
다. 나는 내쳐 물었다.

"카오스 이론은 어떻게 전개되나요?"

"무질서에서 질서를 형성해가는 과정을 관찰하는 일이죠. 카오스와
질서의 경계에는 '카오스의 가장자리'가 있어서 이것이 질서를 창조하
는 데 매우 중요한 역할을 합니다."

"아, 그렇군요."

인류는 균형과 대칭, 비례의 수학적 아름다움을 추구해왔다. 그림은 레오나르도 다빈치의 인체도(왼쪽 위)와 석굴암 본존불의 수학적 구조(오른쪽 위), 일정한 규칙을 보여주는 토성의 고리(왼쪽 아래. 미국 항공우주국 제공)와 눈송이 결정(오른쪽 아래. 미국 국립해양대기청 제공).

계영희 교수는 쉼 없이 수학의 역사를 설명해갔고, 나는 귀를 바짝 세우고 들었다. 그러나 《수학 I》의 상식으로는 점점 해독하기 힘들어졌다. 나의 수학실력을 감지했는지 계 교수는 마침표를 찍듯이 이렇게 말했다.

"수학의 본질은 사고의 자유입니다. 생각만 하면 되니까요. 그러나 수학은 미술과 마찬가지로 시대정신의 반영이기도 합니다."

계 교수는 '뫼비우스의 띠', '페르마의 정리' 같은 흥미진진한 얘기를 들려주며, 나의 수학적 흥미를 돋우었다. 그런 얘기를 들으면서 수학이 확실히 아름다움을 증명할 수 있을 거라는 생각이 들었다.

수학자는 미술작품을 보면서 상상력과 창의력이라는 '복잡계'의 내용을 파고드는 것은 아니지만, '감성의 가장자리'에 있는 형식의 질서를 섬세하게 읽어내고 있는 것이다. 미술에서 수학은 충분조건은 아니지만 필요조건이라는 수학자들의 논증에 동의하지 않을 수 없다.

그렇다면 이렇게 말할 수 있지 않을까. '아름다움의 모든 것이 수학으로 증명되는 것은 아니지만, 수학으로 증명되지 않는 아름다움은 없다.'

오철우 《한겨레》 기자

규칙의 아름다움을 추구해온 수학은 '질서'의 규칙뿐만 아니라, 규칙이라고는 거의 없을 것 같은 '무질서'에서도 숨은 규칙을 찾아내는 데에 관심을 기울여왔습니다. 무질서에 대한 수학의 관심은 19세기에 싹터, 20세기에 프랙털과 카오스(혼돈) 이론으로 체계화했습니다.

자연 현상은 흔히 수학으로는 증명할 수 없는 무질서와 혼돈 상태인 것처럼 보입니다. 한번 우리 주변을 둘러보세요. 시냇물의 흐름, 울퉁불퉁한 해안선, 수증기 알갱이가 제멋대로 모인 구름, 혈관과 허파의 무수한 가지치기, 우주의 은하 분포, 이런 것들에서 수학적 규칙을 찾을 수 있을까요? 그런 규칙을 찾으려는 노력이 의미가 있기나 한 것일까요? 수학은 그런 무질서의 규칙 찾기가 '가능하다'고 답하고, 그 규칙 찾기에 도전해왔습니다. 이런 무질서를 자세히 그리고 찬찬히 들여다보면, 무질서 속에서도 일정한 기하학의 규칙이 발견된다는 거죠. 이를 프랙털이라 하여, 일찍이 19세기 일부 수학자들이 처음 그 개념을 제시했습니다.

조한혁 서울대 교수(수학교육)는 "19세기 당시 수학자들 사이에 이런 프랙털은 '예외'나 '괴물'처럼 여겨지다가 1970년대 브누아 망델브로(Benolt Mandelbrot, 1924~)가 수학의 연구대상으로 끌어들이면서 점차 일반화했다"라고 전합니다. 처음에 무질서의 현상과 프랙털 개념이 규칙의 미학을 중시하던 수학자한테 '괴물'처럼 인식됐다는 이야기가 흥미롭군요.

프랙털 기하학은 무질서한 자연 현상도 아주 작은 단순규칙이 무수하게 반복되고 또 반복되어 생긴 결과물이라고 설명합니다. 그 안에는 오랫동안 인간의 과학이 채 읽어내지 못한 자연의 신비한 기하학이 깃들어 있습니다. 예를 들어, 제멋대로 생긴 듯한 구름도 자세히 들여다보면 일정한 '부분구조'가 반복하여 '전체구조'를 이루고 있음을 알 수 있습니다. 그래서 '부분과 전체는 닮았다'라고 말합니다. 무질서 속에 닮은꼴이 반복되는 '패턴'이 존재하는 것이죠. 우리 몸속에 미세혈관들이 가지치기한 패턴도 작은 부분을 보나 전체를 보나 닮은꼴입니다. 온 세상을 하얗게 덮으며 소복이 내리는 눈송이도 프랙털의 좋은 사례입니다. 눈송이에서 한 부분을 보아도 전체구조를 이해할 수 있을 정도로 부분과 전체가 서로 닮은꼴을 이루는데, 다시 더 작은 부분을 확대해서 보아도 역시 같은 모양이 반복됩니다. 전체가 부분을 보여주며 부분 속에 전체가 담긴, 이른바 '자기반복성'의 패턴이 오묘하게 자리 잡고 있는 것입니다.

김홍오 한국과학기술원 교수(응용수학)는 "과거엔 이해하기 힘들던 이런 무질서의 질서가 20세기 후반에 와서야 밝혀지기 시작하고 있다"고 전합니다. 박창균 서경대 교수(수리철학)는 "무질서 안에도 규칙이 있다는 생각은 오래 전부터 있었지만, 이것이 프랙털 이론으로 발전한 것은 컴퓨터가 등장한 이후"라고 소개합니다. 박 교수는 이어 "프랙털 이론은 자연의 무질서도 인간 이성으로 이해할 수 있다는 근대적 자신감과, 무질서 자체를 연구대상으로 삼아 환원주의와 결정론에 반기를 들었다는 점에서 탈근대(포스트모더니즘)의 경향을 모두 반영한 것"이라고 풀이합니다. 수학 이론에도 이런 심오한 시대사상이 담겨 있네요. 1970년대 이후에는 '무질서의 질서'를 찾으려는 관심이 커지면서 여러 자연 현상에서 서로 닮은 패턴이 잇따라 발견됐습니다. 그리고 '우주는 거대한 닮은꼴'이라는 말도 유행했습니다.

프랙털 이론은 그저 우리의 호기심을 푸는 지식의 유희가 아닙니다. 프랙털 이론은 현재 응용수학의 여러 부분에서 쓰이고 있습니다. 두 손으로 비닐의 양쪽을 잡아당겨 찢을 때 생기는 주름무늬와 수선화 꽃잎의 주름무늬가 비슷하다는 것을 프랙털 이론으로 규명해 과학잡지 《네이처》에 발표한 신규승 경희대 교수(물리학)는 "프랙털 이론은 물리 · 생물 · 지구과학 · 금융수학을 비롯해 여러 공학뿐 아니라 복잡한 집단을 분석하는 사회학의 이론에도 응용되고 있다"고 소개합니다.

일정한 규칙을 반복하여 새로운 이미지를 만드는 컴퓨터 예술이나 애니메이션, 무늬 디자인 등에도 응용됩니다. 또 정보통신 분야의 지문 인식이나 대용량 데이터의 압축전송과 관련된 기술들도 이런 무질서의 패턴이라는 틀과 맥을 함께하는 것들입니다.

한 수학자가 들려주는 옛 시의 한 구절이 무질서의 질서에 담긴 우주 삼라만상의 이치를 전합니다. "작은 하나의 티끌 속에 세계를 머금었고,/ 낱낱의 티끌마다 세계가 다 들었네./ 한없이 긴 시간이 한 생각 찰나이고,/ 찰나의 한 생각이 무량한 긴 겁이네(一微塵中含十方/ 一切塵中亦如是/ 無量遠劫卽一念/ 一念卽是無量劫)."(의상(義湘),《법성게(法性偈)》)

보론 :

자연과학과
인문학의 대화

역사를 통해 본 접점과 상호작용

홍성욱 서울대 교수

홍성욱

서울대 생명과학부 교수 │ 과학사 전공 │ 저서 〈과학은 얼마나〉〈생산력과 문화로서의 과학기술〉〈네트워크 혁명, 그 열림과 닫힘〉〈파놉티콘─정보사회 정보감옥〉 등 자연과학은 인간을 포함한 자연을 그 연구대상으로 삼으며, 인문학은 자연을 포함한 인간세계를 인문학적으로 이해하고자 한다. 자연과학의 대상이 인간과 사회를 포함하듯이, 인간에 대한 이해는 자연을 제외하고서는 이루어지지 못한다. 자연과학과 인문학은 결국 인간을 포함한 세계에 대해 더 깊고 폭넓게 이해하려는 학문이다. 여기에 과학과 인문학의 접점들이 위치한다.[1]

자연과학과 인문학의 관계를 파악할 때에는 몇 가지 단순화를 경계해야 한다. 우선 조심할 태도는 이 둘 사이에 위계를 설정하려는 것이다. 자연과학은 '사실(fact)'을 다루고 인문학은 '해석(interpretation)'에 대한 학문이기 때문에 과학이 인문학에 비해 객관적이고 따라서 더 우월하다고 주장하는 것은, 자연과학은 주체가 객체로부터 분리된 채로 세상을 표피적으로 기술하지만 인문학은 주체와 객체의 상호작용을 통해서 세상을 반성적으로 이해하기 때문에 자연과학에 비해 인문학이 우월하다고 주장하는 것만큼이나 별로 의미가 없다.

오렌지와 사과 중 어느 것이 우월한가를 따지는 것이 의미가 없듯이, 과학과 인문학은 우월을 따질 수 없을 정도로 다른 학문이다. 그렇지만 이 둘은 주제와 방법론에서 유사성은 물론 겹치는 영역이 존재한다. 사실 인간, 자연, 사회는 자연과학과 인문학의 공통적인 대상이며, 이 대상들을 좀더 포괄적으로 이해하려고 노력하는 것이 과학과 인문학이 공통으로 지향하는 바이기 때문이다.

또 다른 단순화는 과학과 인문학의 거리가 멀어진 것이 학문의 전문화 때문에 당연하고 필연적이라는 생각이다. 과학이 전문화되고 어려워져서 인문학자들이 이해하기 힘들어졌다는 데에는 이의가 있을 수 없지만, 과학의 전문화가 과학자들조차 인접하는 과학 분야를 이해할 수 없을 정도로 깊이 진행된 것도 사실이다. 물리학자들이 현대 생물학을 이해하기 힘들 뿐만 아니라, 입자물리학자들이 초전도체물리학을 이해하기 힘들다. 이는 인문학의 영역에도 적용되는데, 역사학이나 문학을 전공한 사람들이 분석철학이나 심리철학의 전문논문들을 이해하는 데에 한계가 있으며, 그 역도 마찬가지다. 굳이 얘기하자면 거리가 멀어진 것은 인문학과 과학의 사이만이 아니라 인문학의 각 분야, 과학의 각 분야도 마찬가지이다.

그런데 이렇게 커다란 학문 분과의 세부 분야들이 전문화되면서, 어떤 분야들은 오히려 그 이전보다 더 거리가 가까워진 것들이 있다. 과학사와 과학철학은 각각 역사와 철학을 과학과 잇고 있으며, 인지과학은 뇌과학, 컴퓨터공학, 인식론, 심리학 등의 상호작용을 매개하고 있다. 따라서 전문화의 시대에 과학과 인문학이 보여주는 '두 문화(Two Cultures)'의 문제는 필연적이며 극복할 수 없다고 생각하기보다는, 이를 좁힐 수 있는 다양한 학제간의 노력을 모색하는 것이 지금 우리에게 더 의미 있다고 볼 수 있다.

이 글은 주로 역사를 통해 나타난 과학과 인문학의 상호작용을 분석함으로써, 그 상호영향의 다양성과 중층성을 살펴보고자 한다. 이러한 분석을 통해서 우리는 인문학과 과학이 극과 극의 인간활동이 아니라 공통점은 물론 겹치는 부분을 가지고 있는 활동임을 알게 될 것이다. 이러한 인식은 우리 시대에, 그리고 우리의 미래에 필요한 과학과 인문학의 대화란 무엇이며, 이러한 대화를 이끌어내기 위해서 과학자와 인문학자 들이 어떻게 노력해야 하며, 정부와 연구재단은 이를 위해 어떤 정책적 도움을 줄 수 있는가에 대해서 의미 있는 시사점과 통찰력을 제공할 것이다.

서구의 과학과 인문학
: 고대부터 17세기까지

서구의 지성사를 보면 사실 자연과학과 철학은 원래 하나의 뿌리에서 출발했다고 할 수 있다. 고대 그리스에서 철학의 시작은 과학의 시작과 같은 것이었다. 밀레투스의 탈레스는 자연 현상에서 규칙성을 찾아냄으로써 철학의 문을 열었다. 그 뒤를 이은 플라톤은 기하학에서 이데아의 세상으로 통하는 창을 발견했으며, 서양철학의 큰 틀을 세운 아리스토텔레스는 생물학자라고 할 수도 있을 만큼 평생에 걸쳐 생물학 연구에 전념했다. 중세 시기에도 과학과 자연철학은 철학과, 철학은 신학과 뗄 수 없는 관계에 있었다.

과학과 인문학의 분리는 수학의 발전에서 처음 찾아볼 수 있다. 16~17세기가 되면 기하학을 사용한 천문학과 역학은 일반 철학자들이 이해하기 힘든 수준에 이른다. 태양중심설을 제창한 코페르니쿠스의 《천체의 회전에 대하여》(1543)는 기하학과 천문학 고등교육을 받은 소수의 천문학자들만 통독할 수 있을 정도로 난해한 책이었다. 갈릴레오의 《새로운 두 과학》(1638)도 수학에 조예가 깊어야 읽을 수 있었고, 데카르트의 《기하학》이나 《기하광학》(1637)도 수학에 전문지식이 없는 사람은 결코 쉽게 읽을 수 있는 책이 아니었다. 이러한 경향은 뉴턴의 《프린키피아》(1687)에서 그 정점에 도달했는데, 뉴턴의 책에 대해서는 전 유럽의 학자 중에 겨우 몇 명만 이해할 수 있는 책이라는 소문이 퍼지기도 했다. 이러한 소문은 전혀 근거가 없는 것이 아니었는데, 실제로 영국의 경험주의 철학자 로크(John Locke)는 《프린키피아》의 수학적 증명이 모두 옳은 것인가를 네덜란드의 수학자 하위헌스에게 물어보고 그렇다는 대답을 듣고서야 뉴턴 과학의 철학적 의미에 대해서 고민하기 시작했다.

그렇지만 수학의 발전 때문에 16~17세기 과학혁명을 기점으로 지금에 이르기까지 과학과 인문학의 사이가 벌어지기만 했다고 단정하는 것은 성급하다. 우선 과학(수학)과 철학 모두에 능통한 학자들이 과학과 철학을 매개했기 때문이다. 데카르트, 파스칼, 메르센, 토머스 홉스, 로버트 보일, 스피노자, 라이프니츠, 뉴턴 등이 대표적 인물들이었다. 또 17~18세기의 철학자들과 사회사상가들은 과학으로부터 자신들에게 필요한 결론을 도출해내는 데에 주저하지 않았으며, 이를 위해서 과학을 공부하는 것을 서슴지 않았다.

국제법 창시자인 그로티우스(Hugo Grotius, 1583~1645)는, 그가 1636년에 갈릴레오에게 보낸 편지에서 볼 수 있듯이 갈릴레오의 수리물리학에 심취해 있었다. 이 편지에서 그는 갈릴레오의 업적이 영원하게 보존되는 데 자신이 산파의 역할을 할 수 있다면 더 없이 행복할 것이라고 적고 있다. 그로티우스는 이미 1625년에 출판된 《전쟁과 평화의 법률》에 "수학자들이 물체로부터의 추상화된 수학적 도형들을 다루는 것과 마찬가지로, 나는 법을 다룰 때 온갖 특수한 사실들로부터 나의 사심을 거두었다"고 적고 있으며, "자연법에 관한 것들을 증명하는 것은 자기 자신을 모독하지 않고는 부정할 수 없는 확실한 근본적인 개념들에 기반해야 한다"고 강조했다. 그는 수학과 같은 확실한 과학을 모델로 삼아서 자신의 국제법에 관한 학문의 확실성을 높이려고 노력한 것이다.

17세기 후반부터 유럽 전역에 명성을 떨친 철학자 스피노자(Baruch Spinoza, 1632~1677)의 《윤리학》(《에티카》)은 정식 제목이 《기하학적 순서에 의해 논증된 윤리학(Ethica in ordine geometrico demonstrata)》이었다. 이 책은 유클리드적인 구조에 입각하여 정의들과 공리들, 그리고 이로부터 따라나오는 명제들과 그 증명들, 또한 이에 부가적인 명제들과 증명들을 보여주는 엄밀한 형식을 취하고 있다. 《윤리학》이외의 저작에서 스피노자가 기하학을 직접 이용하고 있지는 않지만, 《정치학 논고》에서는 이 책이 "일반적으로 수학적 탐구에서 나타나는 것과 같은 그러한 객관성을 채용했다"고 주장하였다.

자연과학은 17세기 정치철학과 정치학의 근간을 구축하는 데에 큰 영향을 미쳤다. 미적분의 발명과 만유인력의 해석을 놓고 뉴턴과 논쟁을 벌인 라이프니츠(Gottfried Wilhelm von Leibniz, 1646~1716)의 정치학 논문은 수학적 결과들을 산출하기 위한 증명의 형식을 취하고 있다. 가령 "자유에 반(反)하는 어떤 것도 폴란드의 안전에 반한다"는 명제를 그가 증명한 방식을 보자.

증명:

(명제 3에 의하여) 자유에 반하는 어떠한 것도 폴란드인들이 바라는 것에 반한다.

(명제 5에 의하여) 폴란드인은 호전적인 민족이다.

호전적인 민족이 바라는 것에 반하는 것은 전쟁을 일으킬 소지가 있다.

따라서 그것은 내전을 일으킬 가능성이 있다.

그러나 내전은 위험하다.

위험한 것은 그 무엇이든지 간에 안전에 반한다.

따라서 자유에 반하는 그 어떤 것도 폴란드의 안전에 반하는 것이다.

근대 정치학의 기반을 닦은 토머스 홉스(Thomas Hobbes, 1588~1679)

가 학문의 출발점으로 삼은 것은 물질의 운동(motion)이었다. 홉스는 새로운 정치학을 창안하면서 운동의 개념에 주목하는 갈릴레오식 사회과학을 만들고자 하였고, 데카르트에게서 영향을 받기도 하였다. 그는 또 생리학의 새로운 발견들로부터 '정체(政體, body politic)'와 같은 유기체의 개념을 끌어내서 정치철학에서 사용하기도 했다. 그의 정치학은 '자연 체계에 대한 과학과 그 과학의 방법을 인간활동 및 정치적 체계로 확장시키는' 작업들을 포함하는 것이었으며, 이러한 기획을 위해 홉스는 사회를 운동하는 물체처럼 작동하는 인간들의 역학적 체계로 해석하였다.

반면에 미국의 헌법에 상당한 영향을 미친 제임스 해링턴(James Harrington, 1611~1677)은 새로운 생리학에 기반한 정부 형태를 제창했다. 그의 이념은 1656년에 처음 출간된 《오세아나 공화국(The Common-wealth of Oceana)》에서 확립되었는데, 그는 여기서 '상원(Senate)'과 '인민(the People)'으로 구성된 양원제 입법부를 제안하고, 무기명 비밀투표를 강조하며 복잡한 간접투표 시스템을 수정하였다. 그는 이러한 분석을 위해서 피의 순환을 주장한 하비의 생리학적 해부학을 원용했다. 하비를 원용하면서 해링턴은 "의회가 공화국의 생기혈(生氣血)을 영구히 회전시키는 심장에 해당한다"고 주장했으며, 더 나아가서 심장이 좌우로 나누어져 있듯이 의회 역시 두 개로 나누어져야 한다고 강조했다. 그의 '정치 해부학'은 하비의 '동물 해부학'에 대한 유비의 바탕 위에 세워졌다.

서구의 과학과 인문학
: 18세기부터 20세기까지

18세기 계몽사상가 볼테르(Voltaire, 본명 François-Marie Arouet, 1694~1778)
는 경험주의적인 뉴턴 과학이 편견과 독단을 배격할 수 있다고 생각하고
이를 프랑스에 소개하려 했는데, 이를 위해서 당시 유명한 수학자이던 모
페르튀(Pierre Louis Moreau de Maupertuis, 1698~1759)에게 수학과 과학을
배우는 것도 마다하지 않았다.

비슷한 시기에 영국의 경험주의 철학자들도 과학의 영향을 많이 받았
다. 영국의 화학자 로버트 보일의 조수로 잠깐 일한 경력을 가지고 있던
로크는 갈릴레오와 보일의 기계적 · 입자 철학으로부터 '제1 성질', '제2
성질'이라는 개념을 빌려왔다. 조지 버클리(George Berkeley, 1685~1753)
의 초기 저작을 보면 그가 뉴턴이 주장한 천체 역학의 법칙을 올바르게
이해하고 있음을 알 수 있는데, 그는 인간의 사회와 뉴턴의 물질적 우주
를 유비적으로 파악하여 인간의 정신들 사이에 '인력의 원리'가 존재한
다고 주장했다. 데이비드 흄(David Hume, 1711~1776)은《인간 본성에 관
하여》(1738)에서 뉴턴의 만유인력의 법칙에 대한 전반적인 유비를 이용하
여 뉴턴이 자연철학에서 이룬 업적에 해당할 만한 '개별 인간의 도덕적
행위에 관한 과학'을 확립하려고 시도했다.

19세기에 들어서는 인간사회를 세포에 비교하는 경우가 많아졌는데,

유기체를 구성하는 개개의 세포는 개별 인간에 해당하며, 세포가 모여서 이룬 유기체는 사회에 해당하는 식이었다. 사회과학에서 세포 이론이 차지하는 중요성은 폰 베어(Karl Ernst von Baer, 1792~1876) 등의 발생학 덕에 더욱 강화되었다. 즉 하나의 세포가 분화하여 배아를 형성해가는 단계들이 어머니로부터 시작하여 가족, 종족, 국가를 구성해내는 인간사회의 발전 과정과 흡사하게 여겨졌기 때문이다. 위와 같은 유비는 독일의 비르호(Rudolf Virchow, 1821~1902) 같은 생물학자가 직접 사용하기도 했으며, 릴리엔펠트(Paul von Lilienfeld, 1829~1903)와 샤플레(Albert Schaffle, 1831~1903) 같은 사회과학자들의 연구에 직접적인 모델이 되기도 하였다. 샤플레는 뼈나 연골 같은 인체의 구성성분과 도로, 빌딩 같은 인간의 생활공간을 구성하는 요소를 비교했다. 사회학자 웜스(Rene Worms)는 질병이 개별 세포들에 존재하는 병리적 조건에 의해 유발된다는 의학적 관점을 적용해서, 병든 개인에 의해 사회적 질병이 야기된다는 이론을 펼치기도 했다.

19세기 열역학이 만들어낸 '엔트로피(entropy)' 같은 개념은 자연과학과 인문학을 매개하는 역할을 했다. 19세기 영국의 물리학자 스튜어트(Balfore Stewart)는 엔트로피를 '열사(熱死, heat death)'와 같은 세계의 종말을 가리키는 증거로 받아들였다. 19세기 미국의 뛰어난 지질학자이자 환경학의 선구자인 조지 마시(George Perkins Marsh, 1801~1882)는 《인간과 자연(*Man and Nature*)》(1864)에서 엔트로피를 인간에 의해 자연에

'돌이킬 수 없는' 변화가 나타나고 있는 증거로 받아들였다.

그렇지만 그에게서는 진보를 믿는 학자들에게서 발견되는 낙관적인 세계관을 발견할 수 있는데, 그는 인간이 자연세계에 더 좋은 방식으로 개입함으로써 인간이 일으키는 돌이킬 수 없는 자연의 변화를 치유할 수 있다고 생각했다. 《미국의 역사》를 저술한 19세기 미국의 작가이자 역사학자인 헨리 애덤스(Henry B. Adams, 1838~1918)도 엔트로피 개념을 채용했는데, 그는 자연세계에 적용되는 엔트로피의 원리가 우주를 궁극적으로 열평형의 상태로 몰고 감으로써 인간이 믿고 있는 세계의 진보를 무력화한다고 보았다.

19세기에는 엔트로피적 세계관이 열사 같은 우주의 진정한 종말을 예견하는 것으로 받아들여졌는데, 20세기에는 이것이 암울한 사회 속에서 개인이 사라지고 경험은 유동적인 것이 되며 도덕률(moral code)은 혼란스러워지고 사회적 관계는 희미하게 정의되는 대중사회를 상징하기 시작했다. 이러한 새로운 엔트로피 개념은 엔지니어 출신의 저명한 미국 작가 핀천(Thomas Pynchon, 1937~)에게도 상당한 영향을 주었다. 핀천은 그의 초기작 《엔트로피(Entropy)》(1960)에서 3일 동안 기온이 변하지 않는 날이 지속되는 열평형 상태에서 개개인의 개체성이 종식되는 암울한 사회를 그렸으며, 같은 해에 발표한 《저지(低地, Lowlands)》(1960)에서는 미로에 갇힌 주인공에게 나타난 구원의 여신이 결국 사이버네틱 로봇에 불과했다는 혼란스러운 상황을 그리고 있다. 이러한 정체성의 혼동은 그의 대표작인 《브이(*V*)》(1963)에서도 잘 드러난다.

　독일의 대표적인 작가 브레히트(Bertolt Brecht, 1898~1956)도 20세기 양자혁명, 그 중에서도 하이젠베르크의 불확정성 원리에 영향을 받았다. 불확정성 원리 이후에 브레히트는 고전 물리학의 방법인 엄격한 인과성(causality)을 인간의 행동에 적용하는 것이 무의미하다고 생각하고, 자신의 문학에서 특정 사건을 이끌어내는 인과적 네트워크를 그려가는 시도를 포기했다. 대신 그는 '통계적 인과성' 같은 양자물리학의 새로운 과학적 방법을 인간의 연구에 적용하려는 시도를 했는데, 이 새로운 시도는 기본적으로 주인공을 다른 인간들 사이에 던져놓고 다른 인간들이 그에게 미치는 힘에 대해 주인공이 반응하는 것을 관찰하는 실험적인 방법이었다.

　또한 하이젠베르크의 불확정성 원리는 세계의 확실성과 예측가능성, 인간의 합리성에 대한 브레히트의 믿음을 흔들어놓았다. 여러 차례 개작된 브레히트의 《갈릴레오의 생애(*Das Leben des Galileo Galilei*)》(1943)는 이런 점을 잘 보여주는 작품인데, 여기서 갈릴레오는 고문의 공포 앞에서 신념을 포기하는 자신의 행동을 보며 인간 이성에 대한 불확실성을 절감한다. 이는 인간의 이성이 늘 비합리적인 요소를 포함하고 있다는 쪽으로 브레히트가 인식의 전환을 겪음을 반영하고 있다.

전통 한국 사회의 과학과 인문학

전통적인 한국 사회에서 인문학과 과학은 어떤 관계에 있었는가? 이를 알아보기 위해서 먼저 과학이 지식세계에서 어디에 위치했는가에 대해서 살펴보자. 동아시아 전통사회의 과학지식은 다음과 같이 크게 둘로 나누어볼 수 있을 것이다.

> 1) 전문적인 기술적(실용적) 지식: 예컨대 산학(算學), 역법(曆法), 의학(醫學), 지리학(地理學), 기타 산업기술 또는 생활기술 등
>
> 2) 식자층의 형이상학적 자연지식: 이(理) · 기(氣) · 귀신 · 자연 등에 대한 논의, 우주의 생성과 구조 · 운동 등에 대한 논의 등

이와 같은 전통적인 과학지식이 지식세계에서 어떠한 위치에 있었는가? 전문적인 기술적 지식은 적어도 고대 사회에서는 군자(식자층, 지식인)가 반드시 알아야 할 지식으로 인식되었다. 그러나 시대가 흐르면서 특히 신유학이 지배하던 중세 이후(중국의 송대 이후, 한국의 조선 이후)에 전문적 기술지식은 궁극적 진리와 질적으로 차이가 나는 '소도(小道)' 정도로 이해되었고, 심지어 소도에 매몰되면 인간세계와 자연의 원리를 궁극적으로 이해하는 데 방해가 된다고까지 간주되었다. 이후에는 전문적 기술지식이 성리학의 핵심인 윤리철학과 질적으로 구분되는 것으로 이해되

었을 뿐 아니라, 군자가 추구해볼 만한 지식으로는 가치가 덜한 것으로 이해되었다고 할 수 있다. 따라서 대다수 지식인들이 이러한 전문지식을 등한시한 것이 사실이고, 전문 기술자들은 사회적으로 낮은 위치에 있는 사람들의 몫이었다. 조선 중기 이후에는 이러한 현상이 두드러져, 이른 바 '중인(中人)'이라 부르던 계층이 이들이었다. 천문역산가, 산원(算員), 의원(醫員), 풍수가 등이 그들이었다.

그렇지만 유학자들이 전문지식을 아주 쓸모없는 것으로 무시한 것은 결코 아니었다. 과거를 통과해서 관료로서 국가를 운영하면서 유학적 지식을 적용함으로써 궁극적으로 윤리철학과 세계지식을 실천하는 것이 모범적인 유학자의 상(像)이었기 때문에, 모범적인 관료가 되기를 원하는 학자들은 전문적 기술지식을 필요에 따라 습득하고 있어야 한다고 생각했다. 즉 전문적인 기술부서의 고위 책임자로서 기술적 작업과 기술자들의 작업을 관리할 수 있을 정도로는 전문지식을 겸비해야 했다.

그러나 형이상학적인 자연지식을 보면 이와는 양상이 다르다. 이ㆍ기ㆍ귀신ㆍ자연 등에 대한 논의, 우주의 생성과 구조ㆍ운동 등에 대한 논의는 식자층들이 중요하게 관심을 가진 지식이었다. 이러한 주제들은 성리학의 지적 체계에서 가장 기초가 되는 개념과 범주들이었다. 그렇다고 그러한 지식이 유가 지식인들에게 가장 중요시되는 지식이었던 것은 아니었다. 비록 성리학의 기초가 되는 개념과 범주였지만, 그러한 지식들이 아주 세밀하게 그리고 지적 호기심을 가지고 지속적으로 추구되지는 않았다. 단지 인간사회와 윤리에 대해 깊이 이해하기 위한 기초 정도의 지식으로서만 가치를 부여하고 관심을 가졌을 뿐이었다. 이와 같이 형이상학적인 자연지식은 윤리철학과 사회이론 등에 비해서 부차적인 것으로 이해되었지만, 지식의 체계 차원에서는 핵심적인 위치에 있었음이 분명했다.

이를 서구와 비교하면, 동아시아의 지식세계에서 자연지식은 서구의 '자연철학(natural philosophy)'이나 자연과학 같이 독립된 지식으로서 존재하지는 않았다고 할 수 있다. 다시 말하면 자연지식은 인간사회와 도덕에 관한 지식과 분리된 것이 아니었음을 말해준다. 이런 의미에서 동양의 자연지식, 즉 자연학은 인문학과 분리된 것이 아니었다고 할 수 있다. 좀더 정확하게는 동양의 인문학은 자연지식을 포함하는 것이었다고도 말할 수 있을 것이다.

이와 같이 동양의 자연학이 인문학과 분리된 것이 아니고 인문학이 자연지식을 포함한 것이었기 때문에, 전문적 기술지식을 담당하던 중인층과 달리 자연철학적 지식을 지니고 사색하던 과학자들은 모두 도가 또는 유가 사상가들이었다. 우리가 알고 있는 이른바 '실학자'들을 포함해서 모든 사상가들이 그러했다.

대표적으로 홍대용과 최한기를 들어보자. 그들은 조선 후기의 대표적인 실학자로서 현대의 과학사가들에 의해서 과학자로 불리기도 할 정도로 깊은 과학지식을 지니고 있던 학자들이었다. 그러나 그들이 오로지

과학지식만을 지닌 학자였거나 자연지식이 그들의 지적 활동에서 핵심이었다고 말하기는 어려울 것이다. 홍대용은 《의산문답》이라는 지동설과 상대적 우주론을 설파한 유명한 저서를 남겼지만, 《의산문답》이 그의 저서 전체를 통해 차지하는 위치는 사실 미미하다고 할 수 있다. 오히려 홍대용의 주된 관심은 인간과 사회에 대한 총체적 이해였다고 할 수 있다. 이에 비하면 최한기는 상당히 많은 과학 저술을 남긴 인물이다. 그러나 그에 못지않게 《인정(人政)》 등과 같은 인문사회학적인 저술도 많이 남겼다. 특히 그가 평생을 통해 확립하려 한 '기학(氣學)'은 자연학과 인문사회학을 종합하는 통합학문의 체계를 추구하려는 것이었다. 그 속에서 자연학과 인문학은 질적으로 구별되는 지식이 아니었다. 이렇게 과학적 관심과 인문학적 관심이 구별되지 않고 하나의 학문 속에 녹아 있던 실학자들의 세계관은 지금 우리에게 시사하는 바가 많다.

인문학자들에게 나타나는 반과학적 태도

인문학이 과학으로부터 개념, 설명, 은유, 유비를 빌려 썼다고 해서 이 둘의 관계가 아주 친밀하기만 했다고 결론지어서는 안 된다. 많은 인문학자들이 과거는 물론 현재에도 과학은 비인간적이며 심지어 반인간적

이라고 생각한다. 유명한 독일 철학자 셸링(Friedrich Wilhelm von Schel-
ling, 1775~1854)은 베이컨의 경험주의를 '철학의 타락'으로, 보일이나
뉴튼의 업적을 '물리학의 타락'이라고 보았다. 그는 이런 종류의 타락이
등장한 이래로 자연을 탐구하는 데 '맹목적이고 생각이 없는' 방법이 지
배하게 됐다고 하면서 근대 과학의 사유에 대해 노골적으로 불만을 표출
했다. 이는 후기 빅토리아 시대의 소설가 조지 기싱(George R. Gissing,
1857~1903)의 다음과 같은 불평에서도 볼 수 있다.

> 과학이 인류에게 냉혹한 적군이 될 것이라고 굳게 믿는 나는 과학을 혐
> 오하며 또한 과학이 두렵다. 나는 과학이 삶의 온갖 순수성과 고상함을,
> 세상의 아름다움을 파괴하고 있다고 본다. 나는 과학이 문명화의 탈을 쓰
> 고 인류를 야만으로 되돌리고 있다고 생각한다. 또한 나는 그것이 인간들
> 의 정신을 어둡게 하고 그들의 마음을 메마르게 한다고 생각한다. 나는
> 또한 과학이 결국에는 아무런 의미가 없는 거대한 분쟁과 충돌을 가져올
> 것이며, 아니 어쩌면 인류가 수고하여 이룬 모든 진보를 피로 물든 혼돈
> 속으로 몰아갈 수 있다고 본다.

기싱의 평가는 극단적이다. 그렇지만 '문과 성향'의 지식인들에게서
반과학적인 성향이 종종 나타나는 것은 부정할 수 없는데, 이러한 반과
학적인 유형을 정리해보면 다음과 같은 다섯 가지 유형이 있다. 첫 번째

는 과학, 기술 및 산업화의 부작용과 과학적 결과가 함의하는 바에 대해 반발하는 유형이다. 예를 들어 "기계는 인간의 삶을 파괴하는데, 과학은 인간의 삶을 기계화하고 표준화하여 인간적인 것을 가치 없는 것으로 만든다"는 식의 주장이다. 이와 연관된 두 번째 주장은 인간에게 고상한 존재론적 지위를 부여하지 않는 과학은 휴머니즘이 결여되어 있다는 것이다. 세 번째 유형은 이른바 '과학의 방법'에 대한 것이다. 이들은 이른바 과학적 방법이라 부르는 탐구방식들이 자연에 냉정하고 무심하며 객관적인 방식으로 객체와 분리되어 작동하는 비인격적(impersonal) 특징을 가지고 있다고 본다. 이들 비판자에게 자연이란 객관화되어 바라보아야 할 대상이 아니라 전적으로 인간적인 방식으로 대화하고 소통해야 하는 대상이다.

네 번째로, 과학과 과학자들이 너무 사소한 사실들에 집착한다는 비판이다. 이러한 비판에 의하면 인간에게 도움이 되지 않는 '진리'를 발견하기 위해서 평생을 바친 과학자들은 사소한 사실을 맹목적으로 추구한 사람들이 된다. 마지막 반과학적 태도의 유형은 과학의 성과가 인간이 바라는 바에 미치지 못한다는 비판이다.

가령 미국의 작가이자 비평가인 조셉 크루치(Joseph Wood Krutch, 1893~1970)는 "우리가 실험실에 대한 환상을 깨게 된 것은 실험 과학이 발견한 참을 믿지 못해서가 아니다. 그것은 다만 우리가 이제는 과학이 발견해낸 것들이 과거 우리가 기대한 것처럼 우리에게 이득을 가져다 줄 수 있다고 생각지 않기 때문이다"라고 주장했는데, 이처럼 과학에 대한 기대가 깨진 뒤 생겨난 비판적 태도는 1960년대 서구 사회에서 거세게 일어난 과학에 대한 비판 운동에서도 드러났다.

앞에서도 언급했지만 이러한 반과학적인 비판들은 과학의 일면을 과학의 전부로 오해한 것들이 많다. 우선 기술의 부작용에 대한 책임은 과학만이 아니라 사회·경제적 시스템에서도 함께 찾아야 한다. 환경 오염 같은 문제의 책임을 모두 과학에 돌리는 것은 환경 오염을 지속하는 자본주의적 경쟁과 이윤 추구에 면죄부를 주는 결과를 낳을 수도 있기 때문이다. 과학이 인간에게 특별한 지위를 부여하지 않기 때문에 반휴머니즘으로 귀결된다는 주장은, 과학을 통해 자연 속에서 인간이 차지하는 지위를 제대로 이해함으로써 인간과 환경, 인간과 동물의 관계를 과거에 비해 더 합리적이고 진보적으로 파악하게 되었다는 점을 무시하고 있다. 또한 과학의 '객관적' 방법론에 대한 비판은 창의적인 과학적 발견의 경우에는 과학자가 탐구대상과 하나가 되는 듯한 '정서적 합일'을 경험한다는 점을 간과하고 있다. 과학이 미세하고 상대적으로 중요해 보이지 않는 문제에 집착한다는 비판은 이렇게 사소해 보이고, 덜 중요해 보이는 '부분'의 문제들이 '전체'의 문제를 해결하는 실마리를 제공한다는 점을 간과하고 있다. 양자물리학의 출발이 몇몇 과학자들만이 관심을 가지던 흑체복사라는 '사소한' 문제였음은 이에 대한 좋은 예이다.

과학이 성취한 것이 기대에 못 미친다는 비판은 사실 과학이 이룰 수 있는 것이 과대 포장되었기 때문이기도 했다. 미국 대통령 케네디는 1963년에 미국 국립과학아카데미의 100주년 기념 연설에서 "우리가 근대 과학의 가능성들을 숙지함에 따라 과학이 그 창의적인 언약을 충실히 수행하면서 지금까지 보아온 모든 사회 중에서 가장 행복한 사회를 창조하는 새로운 시기로 향하고 있다"고 선언했다. 이러한 '과학주의'는 1950년대와 1960년대 초엽에 미국에서 만연했는데, 1960년대 중반 이후에 과학에 대한 믿음이 서서히 무너지면서 과학에 대한 시민들의 신뢰가 뚝 떨어졌다. 이 시기에는 전쟁과 관련된 과학 연구와 인간이나 동물을 대상으로 실험하는 연구 분야가 집중적으로 비판의 포화를 맞았다. 당시 젊은이들 사이에서 널리 읽힌 로잭(Theodore Rozak)의 《대항문화 만들기(*The Making of the Counter-Culture*)》(1969) 같은 저술이 당시의 반과학 정신을 가장 잘 나타낸다.

당시에 과학에 대해서 이러한 비판이 고조된 것은, 과학자들이 세금을 납부하는 납세자(즉 시민)가 무엇을 원하는지를 무시하고 자신들만이 관심이 있는 연구를 추진했기 때문이었다. 이때만 하더라도 과학자들은 시민들의 신뢰가 떨어지더라도 과학의 발전에 거의 아무런 영향을 미치지 못할 것이라고 생각했는데, 이러한 판단은 당시에는 옳았다. 소련과의 냉전 상태를 이용해서 과학자들은 거대한 입자가속기를 필요로 하는 입자물리학 같은 거대 과학을 계속 추진했으며, 군사적으로 필요한 컴퓨터공학과 전자공학에 엄청난 규모의 연구비를 투입했다. 1970년대에는 암을 정복하는 것을 목표로 한 '암과의 전쟁' 프로그램에 천문학적 연구비가 들어갔다. 그러나 과학이 우주를 정복하고, 에너지 문제를 해결하고, 암을 정복하고, 공해를 해결하고, 빈곤이나 범죄 같은 사회적 문제까지도 풀 수 있다는 신념이 무너지기 시작한 것은 냉전이 종식되던 1980년대 말엽부터였으며, 꿈의 가속기라 부르던 초전도가속기(Superconducting Super Collider)의 건설이 취소된 1993년에 과학자들에게 현실로 다가왔다. 1990년대 중엽 이후에 미국의 과학계는 과학에 대한 시민사회의 '신뢰'를 다시 회복하기 위해서 필사적으로 애를 쓰기 시작했다.

사실 미국의 과학계가 1960년대 후반에 나타난 비판들을 선별적으로 수용해서 과학 연구가 이룰 수 있는 혜택과 문제점을 좀더 현실적으로 제시했다면, 1990년대에 추락한 신뢰를 다시 구축하기 위해서 그토록 애를 쓰지 않았어도 됐을지 모른다. 다른 모든 신뢰가 그렇듯이 과학에 대한 시민사회의 신뢰도 한번 떨어지자 다시 구축하기가 몹시 힘들었다. 그렇기 때문에 과학자들은 인문학자들의 과학 비판을 반과학적이고 의미 없는 것으로 간주할 것이 아니라, 혹시 과학이 너무 과도하게 약속하고 지키지 못하기 때문에 이러한 비판이 나오는 것은 아닌가를 반성해볼 필요가 있다.

자연과학과 인문학의
대화를 위한 프로그램들

우리나라의 경우에 자연과학과 인문학의 대화가 이루어질 수 있는 통로
가 거의 없다. 여기서는 우리에게 도움이 될 미국의 몇몇 사례를 살펴보기
로 한다.

미국국립아카데미 '과학자품행위원회'의 《과학자에 대하여》

미국국립아카데미 '과학자품행위원회'에서는 1995년에 《과학자에 대
하여(*On Being a Scientist*)》라는 소책자를 출판했다. 이 책은 과학 연구의
성격 및 과학에서 볼 수 있는 다양한 사회적 측면들을 간략하게 서술하
고 있는데, 전자와 관련해서는 데이터를 객관적으로 공정하게 처리하는
문제, 가설과 관찰 사이의 관계, 자기기만의 위험, 과학적 방법과 그 한
계들, 과학에서 가치의 문제, 가설의 판단, 동료의 평가와 발견의 우선권
문제를 다루며, 후자와 관련해서는 과학자 공동체 내에서 의사 소통의
문제, 고의적 사기, 인용과 공동작업시 지분의 할당, 표절의 문제를 다룬
다. 과학아카데미가 이러한 책자를 낸 것은 당시에 과학자들의 표절이나
그 밖의 여러 부정행위가 큰 사회적 문제가 되었기 때문이다. 우리나라에
도 번역되어 출간된 《배신의 과학자들》이라는 책은 뉴턴과 밀리컨(Robert
A. Millikan, 1868~1953) 같은 과학자를 모두 데이터를 조작한 과학자로 낙

인찍고 있었다.

　국립과학아카데미가 과학에 대한 이러한 부정적 선전에 대응하기 위
해서 과학사학자들이 대거 참여한 위원회를 만들어서 《과학자에 대하
여》를 출판한 것이다. 데이터 처리와 관련해서 부적절한 행동을 했다고
알려진 밀리컨에 대해서, 위원회는 그가 데이터를 배제한 이유를 공책에
는 적어두었지만 출판물에서는 이를 생략하였음을 밝혀냈다. 또 위원회
는 관찰이 이론중립적이지 않다는 것을 뢰벤후크의 현미경 관찰을 예로
들어 설명했다. 뢰벤후크는 창밖의 낙숫대를 조사하다가 미세생물체인
유글레나를 관찰하게 되었는데, 유글레나는 엽록소를 가지고 있어서 동
물계보다는 식물계에 더 가까운 것으로 인식되고 있지만, 그는 이 생물
체가 움직인다는 이유 하나만으로 이를 '미소식물'이 아닌 '미소동물'
로 명명했다는 것이다. 위원회는 과학자들이 '자기현혹'에 빠질 수 있다
는 것을 블롱들로(Rene Blondlot)가 발견했다고 주장한 N선(N-rays)을 예
로 들어 설명했다. 반면 위원회는 과학에서 고의적인 사기가 일어날 수
도 있는 경우로 1973년에 뉴욕의 한 암 연구소에서 면역학 실험실 소장
을 맡고 있으면서 고의로 데이터를 조작한 서멀린(William Summerlin)의
사례를 제시하기도 했다.

　여기서 볼 수 있듯이 과학의 역사를 전공하는 과학사학자들이, 데이
터를 조작해서 '사기(fraud)'라고 알려진 과학자들의 사례들이 실제로는
전혀 다른 경우에 해당됨을 보인 것이다. 밀리컨의 경우는 의도적인 사

기라기보다는 데이터를 선정하는 기준을 발표하지 않은 경우에 해당되었으며, 뢰벤후크는 자신의 이론이 관찰 데이터를 객관적으로 보지 못하게 만든 경우이고, N선의 경우는 위대한 발견을 했다는 믿음이 너무 과해서 그것이 사실 존재하지 않는다는 것을 깨닫지 못한 경우이다.

이 세 가지 사례는 과학적 사기라기보다는 과학자들의 실험에서 종종 발생할 수 있는 사례로, 과학 연구의 독특한 특성에 해당된다고 볼 수 있다. 데이터를 조작한 사기로 간주할 수 있는 경우는 마지막 경우에만 해당된다. 이렇게 인문학자(과학사학자)들과 과학자들의 협동 연구는 과학을 더 잘 이해할 수 있게 해주며, 대중들이 과학을 쉽게 이해할 수 있도록 돕는 역할을 한다.

최근 미국의 '과학 – 인문학' 프로그램들

미국의 각 주 정부는 독립적이고 비영리적인 몇 가지 공공 인문학 프로그램들을 지원했고, 지금도 지원하고 있다. 이러한 사례들은 한국에서 앞으로 실천해나갈 방향을 모색하기 위해 충분히 참고할 만한 가치가 있다.

우선 이러한 프로그램들의 성장배경을 이해하기 위해 1960년대 중반에 시작된 '국립인문학기부재단(National Endowment for the Humanities, NEH)'의 설립을 살펴보아야 한다. 이 재단 주창자들이 무엇보다 우려한 것은 과학과 인문학이 이질적이라는 인식이 커지면서 인문학에 대한 상대적인 차별이 강화되는 상황이었다. '국립과학재단(National Science Foundation, NSF)'은 이미 1950년대 초반에 설립되어 과학 연구를 지원하고 있었고, 1957년에 소련이 스푸트니크호를 발사한 이후에는 그 예산이 폭발적으로 증가했다. 이러한 상황과 대조적으로 1960년대 중반까지 인문학에 대한 국가의 지원은 미미하였다.

과학의 독주를 경계하고 과학기술이 맹목적으로 추구되는 상황에 대해 비판적이던 인문학자들은 인문학도 지식의 한 형태라는 데에 주목하는 한편, "과학과 인문학 간의 상호의존성이 좀더 일반적으로 이해될 때 인류는 기술의 노예가 아니라 주인이 될 것이라고 주장"하면서, 인문학 연구에 대해 국가적으로 관심이 필요함을 역설했다. 이들은 인류의 삶과 생활에서 과학기술이 지배적인 것으로 변화한 것과 대조적으로 많은 대중들이 과학지식에 접근하기 어려운 상태에 있고, 따라서 과학기술에 대한 정책을 결정하는 과정에서도 소외되는 현상이 결국 사회의 건강하고 민주적인 발전을 저해하는 요인이 된다고 강조했다. 따라서 주요 정책의 방향을 설정하는 데 납세자인 시민의 알 권리와 시민의 결정권이 매우 중요한 만큼, 이후 '과학에 대한 인문학적 보완'이 주 정부가 보조하는 공공 프로그램으로 정착되게 되었다.

예를 들어, 텍사스 인문학위원회는 2000년에서 2002년 사이에 '과학과 인간의 가치(Science and Human Values)'라는 제목으로 다음과 같은 프로젝트를 공모했다.

- 인간 관계들의 네트워크: 신기술들과 새로운 커뮤니티들
- 과학의 혁명으로부터 인간 사유의 진화
- 생명기술들: 보건의료(Health care), 유전학, 의료윤리학
- 자아와 과학의 법칙들
- 인공지능 및 지식의 본성
- 교육 및 비즈니스 분야에서 새롭게 등장하는 이론들
- 과학 및 사회의 역사

또 메인(Maine) 주 인문학위원회의 경우, '문학과 의료: 보건의료의 심장부에 있는 인문학'이라는 제목으로 보건의료 종사자들이 참여하는 독서토론 프로젝트를 진행하였다. 이 프로젝트는 이후 뉴잉글랜드 주의 몇몇 다른 인문학위원회에서도 유사한 프로젝트로 이어졌다. 의료 종사자들은 이런 모임을 통해서 의료의 세계와 실제 경험의 세계를 연결하는 토론을 진행할 수 있었다. 버지니아 인문학재단(Virginia Foundation for the Humanities)은 '과학, 기술과 사회 프로그램(Initiative on Science, Technology and Society)' 같이 과학자, 인문학자, 교사를 비롯한 대중들이 참여하는 포괄적인 프로그램을 진행했다. 여기서는 과학과 인문학이라는 두 문화 사이의 간극을 강조하기보다 과학과 인문학을 상호보완적인 관계로 파악하면서 다음과 같은 주제를 토론했다.

- 과학의 개념과 정의

- 자연과 정신에 대한 이해

- 과학, 공학, 그리고 사회 변동

- 과학사 및 공학의 진화

- 과학과 과학의 문화적 맥락

- 과학의 사회적 맥락

- 정치, 문화 및 과학

- 자연과 정신에 대한 이해

- 지식에 대한 연구

- 과학 및 미국 과학의 문화적 맥락

이러한 프로그램들 말고도 국립과학재단과 국립인문학기부재단의 협력에 힘입어 조지아 주에서는 '기술과 미국 흑인들의 경험' 같은 프로그램을, 켄터키 주에서는 '과학과 우리의 삶' 프로그램을, 네바다 주에서는 '핵 시대의 네바다' 같은 프로그램을 운영했다.

이렇게 과학과 인문학의 상호작용을 유도하는 프로그램들이 지금까지 십여 년 동안 운영되어왔다. 이 프로그램들의 성과는 아직도 과학과 인문학의 관심들이 교차하는 공동의 문제와 협동을 통해 문제를 해결할 기회를 찾아낼 수 있는 뚜렷한 지점들이 존재함을 잘 보여준다. 지금 우리에게 절실한 공동의 문제와 이를 협력하여 해결할 수 있는 가능성을 제시하는 지점들은 다음과 같다.

1) 지식의 상품화: 많은 학자들과 공공 정책가들이 우려하듯이 최근에 대학은 기업이 투자하는 연구를 주로 수행하는 경향이 있다. 이러한 연구가 우려스러운 주된 이유는 전통적으로 대학이 수행해온 비영리적 지적 활동들의 특징인 개방성과 지식의 공유를 침해하리라는 인식에서 비롯된다. 대학의 상업화는 대학과 지식에 대한 인문학적 정신과 위배되는 것이다.
2) 순수연구와 응용연구 간의 분업 증가: 연구비가 실용적 결과나 경제적 이득이 곧바로 보이는 연구에 주로 집약되어 투자되는 경향이 있다.
3) 여전히 비과학적 견해들과 반(反)과학적 태도들이 존재한다.

과학과 인문학의 미래

인문학은 다양한 삶의 탐구를 통해 '도적적인 가치'와 '교훈'을 끌어내는 활동이며, 자연과학은 사물의 본성을 이해하려는 것이다. 그렇지만 자연과학과 인문학은 본질적으로 다르지 않으며, 세상을 보는 상보적인 방식이다.

　우선 이 두 분야는 모두 창의성에 높은 가치를 두고, 창의적인 성과를 내게 하는 방법들을 공유한다. 창의적인 사람들은 세상을 표상하는 다양한 방법들을 발전시키며, 그 과정에서 우리의 삶을 충만하고 생기가 넘치게 만든다. 이 점에서 과학과 인문학은 목표를 공유하고 있다고 할 수 있다. 그 과정을 보아도, 인문학자들이 강조하는 상상력은 시각화(visualization)와 심상(imagery)을 사용하는데, 과학자들의 실행(practices)에서도 시각화 방법을 사용하는 풍부한 예를 찾을 수 있다. 아인슈타인이나 보어 같은 과학자들은 자신의 발견 과정에서 시각화의 중요성을 거듭 강조했으며, 디엔에이의 구조를 발견한 크릭과 왓슨, 파인만 다이어그램을 발견한 파인만 등의 경우도 시각화를 활용한 좋은 예이다. 과학과 인문학의 또 다른 접점은 '이야기 만들기(story telling)'에서 찾아볼 수 있다. 역사학과 같은 인문학의 주요 방법인 '이야기'는 과학에서도 많이 사용된다. 포괄적인 과학이론은 수학과 같은 전문용어로 기술되어 있다는 차이만 있을 뿐, 자연 현상에 대해 풍부한 이야기를 제공하고 있다.

과학과 인문학의 관련에 대해서 미국의 첫 노벨상 수상자인 물리학자 마이켈슨의 일화는 흥미롭다. 마이켈슨이 사망했을 때 아인슈타인은 그에 대한 조사(弔辭)에서 그를 '과학의 예술가'라고 묘사했다. 그는 제자들이 감히 질문할 생각도 들지 않을 만큼 무섭고 이상한 사람이었지만, 뛰어난 미적인 감각이 그의 과학 연구에 중요한 동기를 부여했다. 그는 자신과 같은 물리학자가 시인일 수 있다면 연구대상이 불러일으키는 충만감과 거의 존경에 가까운 느낌을 다른 사람에게 전달할 수 있을 것이라고 했으며, 과학적으로 이해한다는 것은 대상에 대해서 경이감을 느끼는 것이라고 강조했다.

하루가 멀다 하고 과학이 발전하며 그 결과 새로운 기술을 낳는 지금에 과학과 인문학의 밀접한 관련이 더욱 필요한 데에는 중요한 이유가 있다. 과학은 풍요를 만들어낼 수도 있지만 또한 '환경적 약탈' 같은 어두운 측면도 야기한다. 또 의학은 건강을 지킬 수 있지만 역으로 인구 폭발을 유발하기도 한다. 현 시점에서 우려할 만한 상황은 과학의 언어와 그것이 이루어지는 과정이 대부분의 사람들이 이해할 수 있는 범위를 넘어섰다는 점이다. 많은 사람들이 과학의 성과인 기술에 기대어 살아가지만 과학에 대해서는 거의 모르는 실정이다. 결국 기술의 진보에 의존하는 사회에 살고 있지만 기술을 거의 통제하지 못한다는 것이, 우리가 직면한 가장 큰 도전이다. 이 도전을 슬기롭게 극복하기 위해서 과학과 인문학은 서로에 대해서 더 잘 알아야 할 뿐만 아니라 깊이 있는 대화가 필요하다고 할 수 있다.

참고문헌

문중양, 〈18세기 조선 실학자의 자연지식의 성격 – 상수학적 우주론을 중심으로〉,
《한국과학사학회지》 21: 1, 1999, 27-57쪽.

홍성욱, 〈과학과 예술 – 그 수렴과 접점을 위한 시론〉, 《과학기술학연구》 5: 1,
2005.

Allen E. Hye, "Bertolt Brecht and Atomic Physics," *Science/Technology &*
Humanities 1, 1978, pp. 157-168.

Committee on the Conduct of Science(National Academy of Sciences), *On*
Being a Scientist, Washington, D.C.: National Academy Press, 1995.

D. Stanley Tarbell, "Perfectibility vs Entropy in Recent thought," *Science/*
Technology & the Humanities 2, 1978, pp. 103-113.

Dorothy Michelson Livingston, "Michelson, Artist in Physics," *Science/*
Technology & Humanities 1, 1978, pp. 187-192.

G. M. Leftwich, "Science and the Humanities: the case for state humanities
councils," *Technology in Society 24*, 2002, pp. 523-530.

I. Bernard Cohen, *Interactions: Some Contacts between the Natural Sciences*
and the Social Sciences, Cambridge(Mass.): MIT press, 1994.

John H. Gibbons, "On the Intimate Kinship among the Methods of Science,
Art, and the Humanities," *Technology in Society 25*, 2003, pp. 1-4.

Lois Parkinson Zamora, "The Entropic End: Science and Eschatology in the
Works of Thomas Pynchon," *Science/Technology & the Humanities 3*,
1980, pp.35-43.

Morris Gorgan, "The Literati Revolt Against Science," *Philosophy of Science
7*, 1940, pp.379-384

각주

1 우리가 잘 알다시피 인문학은 하나가 아니다. 문학, 어학, 역사학, 철학 같은 인문학의 분과 학
문들은 그 대상과 특성이 모두 다르다. 그렇지만 사실 비슷한 문제가 과학에도 존재한다. 자연
과학에서도 물리학, 수학, 지구과학, 생물학은 그 방법론이나 대상에서 공통점을 찾기 힘들 정
도로 별개의 학문 분야라고 볼 수 있다. 게다가 '과학'이라는 단어의 용법에도 통일성이 없다.
영어에서 통상 'science'라고 하는 것은 사회과학을 제외한 자연과학만을 지칭한다. 영국왕
립협회의 회원에는 사회과학자가 없으며, 이러한 엄격한 구분은 프랑스에서도 비슷하다. 다만
독일어에서는 학문 전반을 의미하는 'Wissenschaft'가 자연과학인 'Naturwissenshaften'
과 사회과학인 'Sozialwissenshaften'을 다 포함한다. 또 과학이라는 단어가 역사적으로 다
른 방식으로 사용되어왔음을 주목할 필요가 있다. 흄은 1739년에 출판된 《인간 본성에 관하
여》에서 논리학, 도덕학, 비판, 정치학을 네 가지 '과학'으로 불렀다. 지금의 과학과는 상당히
다른 의미로 과학이라는 단어가 사용되었음을 볼 수 있는데, 지금의 과학은 흄의 시기에 '자
연철학'이나 '자연에 관한 지식'이었다. 과학이라는 용어와 '과학자'라는 용어가 지금의 의미
로 사용되기 시작한 것은 1850년 이후이다. 이렇듯 개별 과학 간의 차이, 과학이라는 분야의
복잡한 변화, 과학이라는 단어의 다양한 용법이 존재하지만, 우리는 과학을 과학이 아닌 것과
구별하는 특성에 대해서 대략적으로 합의하고 있다. 비슷한 의미에서 이 글에서는 인문학을,
인문학과 인문학이 아닌 것을 구별하는 특성들의 집합으로 느슨하게 정의해서 사용하려 한다.

인문학자 10명이 쓴 유쾌한 과학 이야기

인문학의 창으로 본 과학

초판   1쇄 발행 _ 2006년 6월 23일
         6쇄 발행 _ 2009년 11월 10일

지은이   김용석 외
펴낸이   이기섭
편집주간 김수영
기획편집 김윤희 박상준 김윤정 조사라 정회엽
마케팅   조재성 성기준 한성진
관리   김미란 한아름

펴낸곳   한겨레출판(주)
등록   2006년 1월 4일 제313-2006-00003호
주소   121-750 서울시 마포구 공덕동 116-25 한겨레신문사 4층
전화   마케팅 6383-1602~4 기획편집 6383-1607~9
팩시밀리 6383-1610
홈페이지 www.hanibook.co.kr
전자우편 book@hanibook.co.kr

● 값은 표지에 있습니다.
● 이 책 내용의 일부 또는 전부를 재사용하려면
  반드시 저작권자와 한겨레출판(주) 양측의 동의를 얻어야 합니다.

ISBN 978-89-8431-190-9 03400